미래의 내가

그토록 바랐던 하루가

바로 오늘입니다.

_____님의

오늘을 응원합니다.

나의 두 번째 이름은 연아입니다

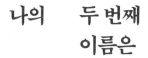

나의 두 번째
이름은

연아입니다

신아현 지음

가난하거나, 아프거나,
술 취했거나, 미치지 않으면
나를 만날 수 없다

데이원

차례

일러두기

1. 이 책에 실린 인물들의 이름은 모두 가명입니다.
2. 대화문은 방언을 그대로 살렸습니다.

1998년 어느 추운 겨울밤.

과외를 마치고 집으로 가는 길이 유난히 어둡고 차가웠다. 걸을 힘조차 없는 몸을 간신히 이끌며 터덜터덜 걸었다. 대학을 졸업했지만, 과외로 용돈벌이 정도 하는 것 외에는 어떤 일을 할 수도, 꿈을 꿀 수도 없는 상황에 내 심장은 추운 겨울만큼 딱딱하게 얼어 있었다. 캄캄한 골목을 벗어나 큰 대로변으로 나오니 집으로 가는 버스가 빠른 속도로 버스 정거장을 향해 달려가는 게 보였다. 빨리 가서 타고 싶었지만 힘없이 걷던 발걸음 속도를 높일 자신이 없었다. 그저 바라만 보며 다시 터덜터덜 걸으려는 순간, 누군가 내게 말했다.

"뭐 해? 뛰어!"

그 짧은 한마디에 가방끈을 부여잡고 미친 듯이 뛰었다. 버스까지 제법 긴 거리를 정신없이 뛰는데, 마치 영화의 한 장면처럼 차가운 겨울바람이 길을 터 주고, 반짝이는 네온 사인이 나를 위해 불을 밝혀 주는 것 같았다. 영화 속 주인공이 된 듯한 기분이었다.

그렇게 뛰어 떠나기 직전의 버스를 간신히 잡아탔더니 심장이 터질 듯 쿵쾅거렸다. 그 순간 얼었던 몸과 마음 그리고 머릿속 생각까지 눈 녹듯 녹았고 이후 모든 일이 기적처럼 일어났다.

어려운 가정 형편, 적지 않은 나이, 한 번도 경험해 보지 못한 분야에 대한 두려움 등 지금까지 내 꿈을 가로막았던 모든 장애물이 한꺼번에 걷히면서 새로운 인생이 시작되었다.

복지하는 연아 신아현!

그날 버스를 향해 달렸던 그 순간은 영화 속 주인공이 아닌 내 인생의 주인공이 되는 순간이었다. 그렇게 시작한 사회복지는 지금까지 나를 살아 있게 하는 일, 나의 삶이 되었다.

사회복지학과에 진학하고 얼마 되지 않았을 때 불안한 미래에 작은 해답을 얻고자 친구와 함께 사주를 보는 카페에 간 적이 있었다. 그 나이에 누구나 한 번쯤은 궁금할 것들, 어떤 사람을 만나 언제쯤 결혼을 하고, 어떤 직업을 가지고 어떻게 사는지, 대학을 졸업하고 다시 사회복지학과에 진학한 내 선택이 옳았는지 등을 확인하고 싶었다.

그러나 나의 기대와 달리 역학자는 흰 종이에 이렇게 적어 나갔다.

재물 ×, 관운 ×, 남편 ×, 자식 ×

세상에! 내가 인생에서 중요하다고 생각하는 모든 것에 엑스(×)라고 적는 것을 보면서 가슴이 철렁 내려앉았다.

"헉! 이건 뭔가요? 제가 이런 복이 하나도 없나요?"

무서웠다. 괜히 와서 오히려 미래에 대한 불안만 커지는 건 아닌지 걱정되었다.

그런데 역술가는 의외의 말을 했다.

"아니, 너는 이런 데 크게 관심이 없어."

"아닌데요. 저 이런 데 완전 관심 많은데요."

난 돈도 많이 벌고 싶고, 좋은 사람과 결혼도 하고 싶고, 애도 잘 키우고 싶은데 관심이 없다니, 사주를 잘못 봐도 한참 잘못 보는 것 같았다.

"아니, 너는 돈 벌어서 잘사는 것보다 혼자 살아도 10인 분 밥해 놓고 지나가는 사람 불러 모아 먹이는 걸 더 좋아하는 사주야. 이런 사람은 주로 산속에 살면서 스님이 되거나, 속세에 살면 사회복지사 같은 직업을 가지는 사주지."

순간 머리를 망치로 한 대 얻어맞은 것처럼 멍했고, 심장은 이유 없이 쿵쾅거렸다.

'와! 내가 타고난 사회복지사라니……'

어렵게 시작한 공부였지만 미래에 대한 불안이 컸던 나는 타고난 사주가 사회복지사라는 말에 큰 힘과 용기를 얻고 카페를 나왔다. 이 사주카페 참 용하다고 생각하면서. 아니, 용하다고 믿고 싶었다.

하지만 기적 같은 기회로 사회복지를 공부하고 사주팔자까지 받쳐 준 직업이지만, 사회복지사의 삶은 생각만큼 녹록지 않았다. 너무 힘들어서 울고, 두려워서 잠 못 들고, 공평하지 않은 세상에 분노하면서 몇 번이나 사직서를 썼다

찢길 반복했다.

　매일같이 이유 같지 않은 이유와 이해되지 않는 일로 항의하며 힘들게 하는 민원인이 찾아왔다. 자기가 낸 세금으로 월급 받는 공무원이라서, 사회복지 일을 하는 만만한 여자라서, 황당하게도 안경을 껴서, 대답할 때 웃지 않아서, 눈을 동그랗게 떠서 등 도저히 이해되지 않는 이유로 욕을 들었다. 게다가 가끔 뉴스에 공무원 횡령 같은 기사라도 나오는 날이면 평상시보다 더한 욕설을 견뎌야 했다.

　또, 만나는 사람들의 삶은 어찌나 다 불행한지. 늘 가난하고, 아프고, 가족에게 버려진 사연들만 접하는 일상이 우울하기도 했다. 그렇게 힘들다, 힘들다 하면서 1년, 2년, 5년, 10년, 20년이 지난 지금도 나는 사회복지사로 일하고 있다. 그리고 20년이 넘는 시간 동안 수백, 수천 명의 사람을 만나면서 알게 되었다. 여전히 힘들고, 두렵고, 분노하지만, 나는 사회복지사가 천직이라는 것을.

　매번 술을 먹고 찾아와 욕을 하는 민원인도 그의 아픈 삶이 적힌 기록을 보면 그에게 미움보다 애잔함이 남는다. 퉁명스럽고 까칠한 할머니의 작은 방 안의 잘 정돈된 각진 이불을 보면 외로움을 담은 듯해 눈물이 난다. 여기저기 문제를 일으키는 정신장애 동생을 원망하면서도 자신이 죽으면 혼자 남겨질 동생을 걱정하는 형님의 이야기엔 숨이 막힌다. 그런 그들에게 내가 해 줄 수 있는 건 그냥 말을 들어 주고 도움 줄 수 있는 곳을 찾아 연결해 주는 것이 전부지만, 나는 그들에게 그렇게라도 필요한, 쓸모 있는 사람이 될 수 있는 것에 감사하다. 20년 넘게 일하고 있지만, TV 속에서 볼 수 있는 천사 같은 사회복지사가 운동장에서 아이들과 깔깔거리며 뛰어노는 아름답고 행복한 일은 일어나지 않았다. 그러나 나는 아직도 나로 인해, 우리로 인해 조금이라도 나아진 삶을 살아가는 누군가와 웃으며 이야기 나눌 수 있는 순간을 꿈꿔 본다.

시간이 지난 지금, 다시 생각해도 그 사주카페가 참 용하다는 생각이 든다. 욕심이 없다는 건 잘못 본 부분이지만, 나는 사회복지사가 될 사주가 맞았다. 다른 사람과 대화하는 것을 좋아하고, 알고 있는 것을 전달하고 나누기를 좋아한다. 그리고 늘 새로운 것을 상상하고, 문제가 보이면 해결하기 위해 대안을 찾고, 대책 없이 도전해 보길 즐긴다. 그 모든 것이 사회복지사에게 필요한 자질이었다.

어느 날, 한 후배가 내게 물었다.

"선배님, 다시 태어나도 사회복지사 할 거예요?"

"아니, 이 힘든 일을 우째 또 하노? 그런데 사회복지사 비슷한 건 할 거 같다. 스님 같은 거?"

"에잇!"

그렇게 한바탕 웃고 넘겼지만, 사실 난 다시 20대로 돌아간다 해도 사회복지사를 직업으로 택할 것 같다. 월급 받고 남을 도울 수 있는 일. 그런 일을 할 수 있다는 건 분명 내겐 행운이었다.

오늘도 고함과 욕설이 난무한 시끌시끌한 사무실에서 몇 번이나 철렁 내려앉는 가슴을 쓸어내리며 일했지만, 이 모든 일이 나에겐 내 인생을 채워 나가는 이야기다. 그래서 오늘도 감사하다.

1부

가난보다 짙은 슬픔

○

막걸릿잔 속에

그려진 슬픔

그는 술을 마시지 않으면 누구와도 말을 하지 못했다. 술을
마셔야 취기에 몸을 빌려 자신의 이야기를 전할 수 있었고,
그것이 그의 외로움을 달래는 유일한 방법이었다.

비가 부슬부슬 내리는 아침이다. 아무 일 없이 창밖을 바
라보며 따뜻한 커피 한 잔과 함께 조용한 음악을 듣기에 딱
좋은 날이라고 생각했었다. 이 일을 하기 전까지는……. 그
러나 지금은 비 오는 날이 싫다. 출퇴근길이 힘들어서? 옷
과 신발이 젖는 찝찝함이 싫어서? 습도 높은 날의 무거운

기운이 싫어서? 아니다. 그 정도는 특별히 나만 겪는 불편한 감정이 아니기 때문에 문제가 되지 않는다. 사회복지 공무원이 된 이후, 비 오는 날이 싫은 이유는 딱 하나. 바로 건설 공사 현장이 쉬는 날이기 때문이다.

우리를 찾아오는 민원인 중에는 일용직 노동자, 일명 '노가다 잡부'로 일하는 사람들이 많다. 이들 중 상당수는 하루 벌어 하루 먹고살기에 일을 못 하면 소득이 없고, 소득이 없으면 끼니 해결을 못 하고, 끼니 해결을 못 하면 술로 끼니를 대신했다. 그리고 술기운이 오르면 그 기운을 빌려 복지 담당자를 찾아와 자신의 신세를 한탄했다. 이제 더는 아파서 일 못 하겠으니 먹고살 수 있는 생계급여*를 (더) 달라거나, 외상값이 많으니 생계급여를 당겨 달라는 등 떼를 쓴다. 이런 어려움을 맑은 정신으로 찾아와 상담하면 좋으련만, 취기를 등에 진 그들의 호기는 객기에 가깝다. 이런 막무가내 민원인이 많은 날이, 딱 오늘같이 아침부터 비 오는 날이다. 이런 날 출근길엔 속이 깊은 장화와 그들을 맞을 단단한 각오도 함께 챙겨야 한다.

* 기초생활보장 수급자 중 생계급여 수급자에게 생계급여 선정(지급) 기준에서 가구 내 소득인정액을 차감하고 지급하는 급여

그런 민원인 중 한 명이 이홍걸 씨였다. 그를 처음 만난 건 일이 많기로 소문난 동주민센터에 근무할 때였다. 출근하면 이미 내 자리 앞에는 상담 민원인이 줄을 서 있었고, 종일 상담하느라 목소리는 항상 쉰 상태였다. 그런 곳에서는 일반 민원인 상담도 힘든데, 이홍걸 씨처럼 우레 같은 목소리로 고함을 지르는 민원인이 왔다 가면 그 뒤론 넋이 빠져 쉬운 일도 제대로 되지 않았다.

그는 늘 술에 취한 채 찾아왔고, 늘 똑같은 말을 반복했다.

"복지가 뭐고? 니가 거기 앉아 있는 이유가 뭐고?"

그렇게 오면 최소 한 시간 이상은 그의 부라리는 눈빛과 귀 고막이 떨어질 것 같은 고함을 견뎌야 했다. 그는 상대방의 말을 듣는 법을 전혀 모르는 사람 같았다.

이홍걸 씨는 어릴 때 부모님을 여의고 초등학교 졸업 후 원양어선을 탔다. 30년 이상 배만 타다 혼기를 놓쳐 배우자도, 자녀도 없는 혈혈단신이었다. 그러나 긴 세월 거친 뱃사람들 속에서 버티고, 죽을 고비도 몇 번을 넘기면서 세상에 무서운 게 하나도 없다고 했다. 또 전 세계를 누비며 일을 했기 때문에 세계 어느 나라 사람을 만나도 영어와 보디랭

귀지로 대화할 수 있다며 자랑을 늘어놓았다. 그렇게 자랑할 만한 멋진 삶을 살았으면 나를 만나러 오지 말아야 하는데, 그는 수시로 나를 찾아왔다.

"아임 헝그리. 쌀이나 라면이나 뭐라도 도. 내가 대한민국 발전을 위해 원양어선 타고 전 세계를 누비면서 얼마나 고생했는데, 대한민국이 나를 책임져야지. 안 그렇나?"

술을 먹으면 어설픈 영어를 섞어 가며 알아듣기 힘든 말을 혀를 꼬며 했다.

"내 도저히 배고프고 아파서 못 살겠으니까 나도 생계비 받을 수 있게 해 도."

그는 기초생활보장 수급자가 될 수 없었다. 기초생활보장 수급자가 되려면 진단서를 통해 근로 능력이 없음을 증명하거나 조건부 수급자로 국가에서 제공하는 근로 사업인 자활프로그램에 참여해야 한다. 그러나 그는 몸은 아프지만, 진단서가 안 나오고, 진단서 발급받을 돈도 없으며, 자활프로그램 같은 건 할 수 없다고 했다. 그냥 담당자인 내가 딱 보고 기초생활보장 수급자로 만들어 달라고 요구하였다. 늘 같은 상담이 반복되었고, 그는 공무원이 말귀를 못 알아듣고, 말이 안 통한다며 화를 냈다.

그러던 어느 날, 그는 다른 날보다 더 비장한 얼굴로 찾아와 큰 목소리로 소리쳤다.

"야! 이 머슴들아!"

이건 또 무슨 소리인가 싶어 놀란 눈으로 쳐다봤다.

"야! 대통령이 공무원은 국민의 머슴이란다. 이 머슴들아! 그러니깐 이제 내가 시키는 대로 나한테 생계비를 달라고. 어? 이 말 안 통하는 담당자야!"

한층 오른 취기는 평상시와 같았지만, 무슨 이유인지 어깨가 한껏 올라가 더 기세등등한 모습이었다. 그는 계속 나를 머슴 공무원이라 부르며 기초생활보장 수급자 책정을 요구하였고, 나는 진단서를 가져오라는 말만 되풀이했다. 그렇게 서로 지쳐 갈 때쯤 그는 마지막으로 협박 섞인 말을 던진 후 동주민센터를 나갔다.

"이 머슴! 니 딱 두고 봐라."

그가 간 후 도대체 머슴이라는 말이 어디서 나온 건지 알기 위해 인터넷 뉴스를 찾아봤다. 그런데 정말 대통령이 공무원은 국민의 머슴이라고 말한 뉴스가 있었다. 물론 그 말에는 여러 의미가 들어 있겠지만, 이홍걸 씨 같은 분은 앞뒤 다 필요 없고, 오직 공무원이 국민의 머슴이라는 말에만 꽂혔으리라. 평생 한 번도 보지 못한 머슴, 나의 세금으로 월급 받고 나를 위해 충성해야 하는 나의 머슴이 공무원이었다니! 그날은 이홍걸 씨뿐만 아니라 술을 먹고 오는 민원인마다 내 앞에서 머슴론을 펼쳤다.

또 얼마 지나지 않아 이번에는 사회복지 공무원의 정부 보조금 횡령 사건이 터졌다. 모 구청 공무원이 기초생활보장 수급자의 생계비 등을 20여억 원어치 횡령한 사건이었다. 상상을 초월한 방법과 금액에 뉴스를 보는 나도 놀랐다. 어떻게 저런 짓을 할 수 있냐며 욕을 하는데 문득 불안감이 몰려왔다.

'아차, 오늘 저 뉴스가 나왔으니 내일 또 한바탕 난리가 나겠구나.'

역시 예감은 비껴가지 않았고, 그 첫 포문을 이홍걸 씨가 열었다.

"야! 이 도둑년아!"

욕과 동시에 무언가가 내 얼굴을 스치더니 책상 위로 사뿐히 떨어졌다. 천 원짜리 지폐 두 장이었다.

"야! 니가 20억 횡령할 때 내 호주머니에 2천 원 있다. 니 같은 게 그렇게 나랏돈을 훔쳐 가니 내 줄 생계비가 없지. 니가 가져간 돈 밥이나 사 먹게 내놔라."

예상했던 반응이지만, 얼굴을 스쳐 간 지폐의 촉감과 역겨운 돈 냄새에 심한 모멸감이 느껴졌다.

"저는 아닙니다."

"야! 한 사람이 20억 횡령할 정도로 전산이 허술하면 뭐 보통 공무원은 못해도 몇 억은 꿀꺽할 거 아이가? 내 돈 내놔라."

이 황당하고 말도 안 되는 주장에 너무나 화가 났다. 매일 목이 터질 듯 상담하며 열심히 일하는 내가 왜 이런 말을 들어야 하는지 억울했다. 그리고 이런 소리를 듣게 만든 그 횡령자가 미우면서도 같은 일을 하는 사람이라 느껴지는 부끄러움에 속상했다.

그날도 그는 어김없이 한바탕 소동을 일으킨 후 돌아갔다. 그리고 이후에 오는 민원인들도 마치 내가 횡령이라도 한 듯 경멸하는 눈빛으로 한마디씩 던졌다.

"저렇게 편하게 앉아서 우리가 내는 세금으로 월급 또박또박 받아 가면서, 세상에 그 불쌍한 사람들 돈까지 훔쳐 가고! 그기 무슨 사회복지사고? 쯧쯧……"

나는 아무 잘못도 없이 종일 고개 숙인 하루를 보냈다.

그렇게 계속되던 지루하고 긴 싸움은 그가 척추협착증 진단을 받아 근로 능력이 없는 기초생활보장 수급자가 되면서 끝이 나는 듯했다. 이제 그와 얼굴 붉힐 일 없이 매달 20일 생계급여만 잘 들어가면 된다 생각했다. 그러나 끝이 아니었다. 그는 생계급여를 받으면 동네 사람들과 술판을 벌여 하루 이틀 만에 한 달 생계비를 다 쓰고, 또 '아임 헝그리'를 반복하며 찾아왔다. 한 달 생계급여는 매달 20일 월 1회 지급으로 끝나고, 가불하거나 빌려줄 수 있는 급여가 아니다. 그러나 그는 무조건 돈을 더 달라, 다음 달 급여를 당겨 달라며 억지를 부렸다. 또 다른 싸움으로 지긋지긋해질 무렵 드디어 난 다른 곳으로 발령이 났다.

발령 소식을 접하자 속이 후련하면서도 오랜 기간 그와 으르렁대기만 했지, 상담다운 상담을 나눈 적이 없다는 게 마음에 걸렸다. 가능할지 모르겠지만, 마지막으로 제대로 이야기를 나눠 보고 싶어 그의 집을 찾아갔다. 그의 집은 주택 2층으로 마당이 제법 넓고 전망이 탁 트여 있었다. 시원한 바람에 살짝 들뜬 기분으로 고개를 돌리는데, 마당 끝에 수북이 쌓여 있는 소주병이 한눈에 들어왔다.

'아차, 그와 제대로 된 상담이 될 거라 기대한 내가 틀렸구나.'

술병을 보는 순간 그냥 돌아가고 싶었다. 그러나 여기까지 용기 내서 왔는데 그냥 갈 수는 없었다. 숨을 가다듬고 현관 입구까지 조심히 걸어가서 문을 두드렸다. 똑! 똑!

"이홍걸 씨 계세요?"

열려 있는 현관문 사이로 인기척이 느껴져 고개를 살며시 넣자, 그는 마룻바닥에서 자다 놀란 듯 벌떡 일어났다.

"누구세요?"

"동주민센터 복지 담당잡니다."

그는 옷매무시를 가다듬으며 나왔다. 그런데 평상시와 달리 부리부리하고 뻘겋던 눈이 또렷하고, 휘청거리며 쪼그라져 보이던 덩치가 반듯하니 제법 커 보였다.

'아, 오늘은 술을 안 마신 건가?'

그는 정말 술을 먹지 않은 맑은 상태로 지금까지 보지 못한 순한 양처럼 내 앞에 앉았다.

"아이구, 담당자님. 이 누추한 곳까지 웬일입니까?"

한 번도 들어 보지 못한 정중한 말투에 놀라 나도 모르게 마당에 쌓인 소주병 쪽으로 눈길을 돌렸다.

'저 술을 다 먹은 사람이 맞나?'

그는 내 눈길을 읽었는지, 쌓인 술병은 자신이 다 먹은 게 아니고 팔아서 술값에 보태려고 여기저기서 주워 온 거라며 겸연쩍게 웃었다. 나는 그에게 발령이 나서 인사하러 왔다며, 생계비 사용법, 진단서 제출 시기 등을 천천히 안내했다. 그리고 동주민센터는 술 먹고 찾아오는 곳이 아니고, 오늘처럼 멀쩡할 때 찾아와 여러 가지 어려운 점을 상담하는 곳이라고 알려 주었다. 그러자 그는 마치 다른 사람인 것처럼 나에게 연신 고개를 굽신거렸다.

"아휴, 내가 그동안 잘못했습니다. 미안합니다. 그라고 다시는 안 그랄 겁니다."

생각하지 못한 그의 반응에 어떤 표정을 지어야 할지 몰라 당황했지만, 가슴 한편에 왠지 모를 뭉클함이 올라왔다.

'이분은 술을 먹어야 자신의 이야기를 할 수 있는 사람이었구나.'

그랬다. 그는 누구도 들어 주지 않는, 들어 줄 것 같지도 않은 자신의 이야기를 온전히 전달하는 방법을 몰랐고, 오직 술기운을 빌려 소리를 지르는 것이 자신의 존재를 내비

칠 수 있는 유일한 방법이었다.

그렇게 세월이 지나 다른 동주민센터에서 근무할 때였다. 어디선가 많이 듣던 큰 목소리가 들려와 고개를 들었다. 그런데 세상에! 이홍걸 씨가 전입신고를 하고 있는 것이 아닌가! 그때 그냥 모른 척 고개를 숙일 수도 있었는데, 나의 몹쓸 기억력은 그에게 당했던 나쁜 일은 다 잊어버리고, 마지막 날 그와 나눈 인사만 떠올렸다. 나도 모르게 몸이 먼저 일어나 오랜 친구를 만난 듯 반갑게 인사했다.

"선생님! 여기 전입하시는 거예요? 너무 오래간만이네요. 잘 지내셨어요?"

반갑게 인사하는 나와는 달리 그는 오랫동안 보지 못한 데서 생긴 서먹함 때문인지, 술을 먹지 않아서인지 어색한 눈인사만 살짝 하고 나가 버렸다. 순간 반가워하며 뛰어나갔던 내 모습이 살짝 부끄럽게 느껴졌다. 그런데 조금 있으니 그가 박카스 한 상자를 사서 다시 들어왔다.

"여기서 이렇게 보다니 반갑습니다. 몇 달 교도소에 있다가 와서 좀 얼떨떨한데 여기서 선생님을 보니 든든하네요."

고함과 욕설 없는 그와의 대화가 어색했지만, 진지한 표정과 말투에 왠지 모를 친근함이 느껴졌다. 그는 이후에도 가끔 술을 먹고 동주민센터를 찾아왔지만, 평상시보다 목소리만 좀 커질 뿐 예전 같은 일은 없었다.

"선생님, 나 오늘 드링킹 좀 했습니다. 그런데 나 이 집에 오래 못 살 거 같은데, 임대아파트 좀 신청해 주이소."

"선생님, 나 어제 집 앞 가게에서 드링킹하면서 큰소리를 좀 냈더니 이 노무 가게 여편네가 경찰에 신고했네요. 벌금 내라는데 돈이 없어서 마 (교도소에) 몇 달 살러 갑니다. 갔다 나오면 들를게요."

동주민센터에서는 고성과 폭언이 없었지만, 동네에서 계속되고 있던 그의 행동은 늘 주민들의 골칫거리였다. 그렇게 몇 번 교도소를 들락거리면서 그와 인연은 끝이 난 듯했다.

또 그렇게 시간이 흘러 구청에 근무할 때였다. 복도에서 웅성웅성 시끌시끌하면서 큰 소리가 들렸다.

"아임 헝그리. 나 배가 고프다고. 복지가 뭐고? 나 같은 사람 도와주라고 너거가 있는 거 아니가? 내가 힘들다고, 내가 죽고 싶다고, 도와 달라고 찾아왔는데 왜 내를 끌어내는데? 야 이것들아."

어디서 많이 듣던 목소리와 내용에 놀라, 급하게 복도로 뛰어나갔다. 복도는 직원 몇 명과 청경, 구경하는 민원인들로 어수선한 상태였다. 직원이 뭔가를 열심히 설명했지만, 민원인은 듣지 않고 고함만 질렀다. 결국 청경이 그의 팔을 잡고 끌어내고 있었다. 이홍걸 씨였다.

"이홍걸 선생님!"

그는 끌려가다 나를 보더니 놀라면서도 반가운 목소리로 소리쳤다.

"아, 선생님! 우리 선생님이 여기 있었네. 다 비키라. 나 저 선생님하고만 이야기할 거다. 선생님! 나 좀 살려 주이소."

일단 어수선한 분위기를 정리해야겠다는 생각에 내가 이야기하겠다며 직원들을 돌려보냈다. 그를 상담실로 데려가 커피 한 잔을 타 주며 그동안 살아온 이야기를 물었다.

그는 교도소를 여러 차례 오가며 모아 둔 돈을 다 썼고, 집 보증금마저 월세로 다 차감되어 지금은 돈이 한 푼도 없어 산에서 텐트를 치고 산다 했다. 그리고 목구멍에 이상이 생겼는지 막걸리 말고는 아무것도 삼키지를 못해 매일 굶는다는 말도 했다. 온몸에서 풍기는 역겨운 냄새와 삐쩍 마른 몸은 그의 말이 거짓말이 아님을 증명했다. 그의 요구는 곧 날이 추워지는데 산에서 잘 수 없으니 병원에 입원하게 도와 달라는 것이었다. 나는 설이 다가오는 추운 시기인 데다 그의 식도에 문제가 있는지 걱정되어 입원이 필요하다 판단했다. 그러나 입원을 지원하는 의료급여 담당자가 고개를 절레절레 저었다. 이미 여러 차례 그를 입원시켰지만, 병원에서 막걸리를 먹거나 먹고 싶어 뛰쳐나가는 바람에 강제 퇴원을 여러 차례 당해 더는 받아 주는 병원이 없다는 게 이유였다.

그러나 그의 건강 상태를 보고 그냥 돌려보낼 수는 없었다. 직접 여러 병원에 전화를 돌려 가며 입원 치료를 부탁하자 다행히 한 병원에서 입원을 받아 주었다. 그에게 간신히 입원 허가를 받았으니, 병원 지시대로 잘 지낸 후 따뜻한 봄에 보자며 인사했다. 그는 꼭 약속을 지켜서, 잘 지내다 나오겠다며 고맙다는 인사를 몇 차례나 하고 병원으로 갔다.

그 후 소식이 없어 잘 지낸다고 생각했는데, 역시 아니었다. 그는 전처럼 막걸리가 먹고 싶어 보름 만에 병원을 뛰쳐나왔고 생계급여로 막걸리를 사 먹은 후 돈이 없다며 또 구청을 찾아왔다. 이제 더는 그를 받아 줄 병원도 갈 집도 없는데, 그는 스스로 문제를 해결할 의지도 없이 막무가내였다.

잠시 만났던 정신이 온전했던 이홍걸 씨는 추억 속에만 있었고, 그는 다시 예전으로 돌아간 듯했다. 이제 그가 갈 곳은 노숙인 쉼터뿐이었다. 그러나 그는 갈 마음이 전혀 없었다.

"길을 몰라 혼자 못 간다. 차비가 없어서 못 간다."

그는 못 가는 이유를 몇 가지 들면서 살려 달라고만 했다.

"나는 그냥 막걸리 한 잔만 딱 먹으면 좋겠다."

슬슬 지치고, 솔직히 내가 담당자도, 내 업무도 아닌데 이 답도 없는 일에 더는 신경 쓰고 싶지 않았다.

"제가 아무리 방법을 알려 줘도 선생님이 다 제대로 하질 않으니, 이제 더는 해 드릴 게 없어요."

그때 동주민센터에서 그가 전세임대주택* 대상자로 선정되었다는 연락이 왔다. 이제 집은 구할 수 있겠다는 생각에 최소 보증금으로 이사 갈 수 있는 집을 알아보도록 안내

---

* 한국토지주택공사 또는 지방자치단체(지역별 도시공사)가 기초생활보장 수급자 등 대상자가 원하는 주택에 대해 전세 계약을 체결한 후 대상자에게 저렴하게 재임대하는 주거복지서비스

하였다.

"선생님, 전세임대주택은 본인이 보증금의 5%만 부담하면 되니깐, 일단 보증금 천만 원짜리 전셋집을 구하세요. 그러면 이번 달 생계급여 50만 원으로 집 얻고, 이후에는 동 주민센터와 협의해서 도와드릴 방법을 찾을게요. 그러니 보증금 싼 동네 부동산을 다니면서 집만 좀 알아보세요."

온 마음과 정성을 담아 그가 할 수 있는 최선을 설명했다.

"난 못 한다. 난 집 구하고 그런 거 못 한다. 그냥 내 좀 살려 도."

순간 힘이 쫙 빠졌다. 아무 의지도 없이 억지만 부리는 그가 너무 싫었다. 그는 나의 표정을 읽었는지 자리에서 일어나면서 한마디 했다.

"그럼 다 필요 없고, 내가 너무 헝그리하니깐, 막걸리 한 잔 사 먹을 돈만 좀 도."

참을 수 없는 화가 올라왔다. 몇 달을, 아니 몇 년을 그가 조금은 나은 삶을 살았으면 하는 바람으로 애썼는데, 고작 요구하는 게 막걸리 사 먹을 돈이라니. 화를 내며 상담실을 나가려는 순간, 그의 눈빛과 행색에서 정말 배고픔이 느껴졌다. 언제부터 입었는지 모를 냄새나는 군복 상의,

언제 감았는지 모를 달라붙은 곱슬머리, 수염에 덕지덕지 붙은 침인지 막걸리인지 모를 허연 찌꺼기 그리고 빛을 잃은 눈빛. 나는 지갑에서 돈 만 원을 꺼냈다. 그리고 막걸리만 먹지 말고, 넘기기 힘들어도 시래깃국에 밥을 말아 드시라고 당부했다. 돈 만 원을 받고 행복해하는 그의 뒷모습을 보면서 그동안 나는 그를 위해 무엇을 한 건가 하는 회의가 들었다.

그렇게 돌아간 후 한동안 연락이 없었다. 살짝 궁금하기는 했지만 이젠 더 관여하기 싫어 애써 신경을 끊었다. 그런데 며칠 뒤 동주민센터에서 공문이 하나 올라왔다.

기초생활보장 수급자 사망 사건 보고

이름 : 이홍걸

사유 : 자살

너무 놀라 바로 동 담당자에게 전화했다. 동 담당자도 며칠 그가 안 보여 이상하다고 생각했는데, 갑자기 경찰서에서 연락이 왔다 했다. 산속에서 자살한 사람이 있는데 사망 장소에 다른 건 없고 다 마신 막걸리 한 통만 있다며 수급자가 맞는지 확인해 달라고……. 순간 가슴이 쿵 내려앉았다.

'내가 그날 그렇게 보내면 안 되는 거였나? 그날 내가 준 돈으로 먹은 막걸리가 마지막 음식이었나?'

온갖 생각으로 머리가 복잡하면서 추운 겨울 산속에 나뒹구는 막걸리 한 통이 머릿속에서 잊히지 않았다.

그리고 얼마 뒤, 연고자가 아무도 없는 그의 주검을 장례 업체에서 간단하게 장사를 지냈다며 무연고 사망자 장제급여* 신청 공문이 왔다. 빈소조차 마련되지 않는 쓸쓸한 죽음 무연고 사망. 정부가 주는 적은 장제급여에 맞춰 간단히 화장만 하고 끝나는 것이 무연고 사망자의 마지막이다. 빈소라도 있으면 찾아가 막걸리 한잔 따라 주고 싶었지만 그럴 수가 없었다.

오래고 질긴 인연이었다. 술을 먹지 않으면 누구에게 말 한마디 건네지 못하던 그는 그렇게 세상을 떠났다.

이제 와 소용없지만, 마지막 만난 그날로 돌아간다면, 할 수만 있다면 그를 위해 잘게 다진 파전에 막걸리 한잔을 대

---

* 기초생활보장 수급자가 사망하면 수급자 장제를 치른 사람에게 인당 80만 원의 장제급여를 지급한다.

접하고 싶다.

"아저씨! 막걸리 한잔 받으세요."

연아! 연아! 사회복지 하는 년아!

두려움으로 그때는 보이지 않았지만, 그녀의 마음을 이제
는 조금 알 것 같다. 잘못된 방법이었지만 그녀는 진심으로
가족을 사랑했었다.

백범 김구, 도산 안창호, 단원 김홍도, 연아 신아현!

예전에 사회복지 공무원 한 분이 강의에서 우리는 다 같
은 '연아'라는 호號를 가졌다고 했다. '연아'하면 떠오르는
이미지는 단연코 대한민국의 자랑 김연아 선수였기에 연아
처럼 부드러운 이미지, 연아처럼 희망을 주는 그런 사회복

지 공무원이라서 호가 '연아'일 거라 생각했다. 그러나 아니었다. 바라만 봐도 행복한 김연아가 아닌 "야, 이년아! 저년아!"의 년! 이었다. 삶의 무게에 짓눌린 민원인이 만만한 여자 사회복지 공무원을 부를 때 가장 많이 쓰는 호칭이 '이년, 저년'이어서 우리 모두의 호가 연아라는 웃지 못할 이야기였다.

이젠 익숙해져 감이 없었지만, 나 역시 무수히 많은 수식어와 함께 연아라는 호를 들어 왔다. 이년, 저년은 기본이고 제 뜻대로 뭔가 되지 않을 때는 해서는 안 될 악담을 붙여 연아!를 불렀다.

"이 안경 긴 재수없는 년아, 악질 년아, 죽일 년아, 살릴 년아!"

정말 우리의 호는 '연아'였다.

그런 나에게 정말 사회복지 하는 년아! 라는 잊지 못할 호를 제대로 붙여 준 민원인이 있었다. 절대 잊을 수 없고, 잊어서도 안 되는, 바로 분홍색 가방의 그녀, 최정분.

2008년 3월. 나는 둘째 출산 이후 1년의 육아휴직을 마치고 복직했다. 휴직 기간 동안 남편 직장 따라 강원도에 1년을 살다 온 탓에 부산도, 동주민센터도, 직원도, 업무도 모두가 낯설었다. 그러나 한편으로는 오랜만에 많은 사람을 만나고, 일한다는 설렘도 컸다. 그러나 그 설렘은 복직 첫날, 전 담당자의 업무 인수인계 과정에서 완전히 무너졌다.

'그렇지, 내 일은 평범한 사람을 만나는 일이 아니었지!'

전 담당자는 업무 인수인계 중에 수첩에 적힌 한 사람의 이름을 보면서 갑자기 깊은 한숨을 쉬었다. 그 소리가 얼마나 깊은지 내 심장도 같이 내려앉는 느낌이었다.

이름 : 최정분

상담내용 : 사회복지에 대해 매우 부정적이며 복지 서비스를 받으면 가족이 죽거나 집안이 망한다고 생각함. 수시로 폭언과 폭행을 하니 절대 조심할 것.

짧은 세 줄에서 뭔가 심상치 않음을 느꼈다.

"이 사람 뭐예요?"

"며칠 전에 전입해 온 사람인데 장난이 아닌가 봐요. 나도 이 사람 관리 카드 보다가 놀라서……. 아직은 동주민센터에 안 와서 만나지는 못했는데, 하여튼 보통 사람이 아니래요. 요즘 복지 쪽으로 문제 있는 사람들 나오는 TV 방송 프로그램에도 나왔다니까 시간 나면 참고로 보세요. 우리 동에 전입하는 날, 전에 살던 동 담당자가 전화 와서 계속 조심하라고 했으니 알고 계세요."

전출을 보내는 동 담당자가 전화까지 해서 조심하라 신신당부할 정도면 일단 우리가 만나는 일반적인 민원인은 아닌 게 확실했다. 그러나 아직 우리 동주민센터에는 한 번도 찾아오지 않았다고 하니 조금은 안심되었다.

업무 전달이 끝나고, 오랜만에 일을 하는 설렘으로 각종 서류와 가방을 정리하고 있었다.

그런데 갑자기 밖에서 요란한 소리가 들려왔다.

"여기 사회복지 하는 년이 누구야! 나와!"

귀 고막을 울리는 고함과 함께 분홍색 가방을 손목에 건 여자가 물이 든 2L 페트병을 동주민센터를 향해 던졌다. 순간 저 사람이 최정분일지도 모른다는 생각이 들었지만, 한 번도 오지 않은 그녀가 설마 지금, 하필 내가 복직하는 첫날, 올 리가 없다고 생각하며 조심스럽게 말을 건넸다.

"선생님, 어떻게 오셨어요? 제가 사회복지 담당자예요. 이쪽으로 오세요."

"아! 니가 사회복지 하는 년이구나. 니가 내 새끼랑 내 남편 잡아갔나? 당장 내 새끼 내놔라. 내 남편 내놔라. 야 이 년아!"

'아! 최정분 씨구나.'

설마 했던 일이 바로 지금, 내 눈앞에서 일어나고 있음을 깨달았다. 그녀는 엄청난 속도의 랩처럼 욕을 쏟아 냈고, 나는 태어나서 처음 듣는 욕설에 온몸이 굳어 버렸다. 그녀는 속사포 같은 욕과 함께 동주민센터 곳곳에 있는 홍보물을 손에 잡히는 대로 집어 던졌다.

순식간에 일어난 일이라 아무런 대응도 하지 못한 채 서 있자 같이 근무하는 남자 직원들이 달려 나와 그녀의 양팔을 잡고 강제로 끌어냈다. 그렇게 그녀는 나갔지만 나는 정신이 혼미해져 그 자리에 한참을 서 있었다.

'지금 이게 무슨 일이지?'

시간이 지나 정신이 조금 돌아온 후 그녀가 어떤 사람인지 정확히 알아야겠다는 생각에 그녀의 관리 카드와 상담 일지를 샅샅이 찾아 읽기 시작했다.

최정분 씨는 다른 지역에서 기초생활보장 수급자로 보호받았다. 그녀의 남편은 여러 가지 질병으로 건강이 좋지 않았는데, 교통사고까지 당하면서 몸을 가누기도 힘들어졌다. 게다가 그녀의 아이는 또래와 달리 비정상적인 사고와 행동으로 사회에 적응하지 못했다. 그런데 그녀는 가족에게 생기는 이런 불행의 원인을 엉뚱하게도 국가 도움, 즉 복지 혜택을 받았기 때문이라고 생각하는 망상에 빠져 있었다. 그녀의 가족은 실제 생활이 어려웠지만, 시간이 지날수록 사회복지 서비스를 강하게 거부하면서 사회복지 담당자에게 이유 없는 적개심과 환멸감을 가지기 시작했다.

최정분 씨의 남편은 건강이 더 나빠졌다. 설상가상으로 초등학교에 입학한 아들은 교실에서 대소변을 보는 등, 일상에 전혀 적응하지 못해 학교를 그만두었다. 아니 더 정확히 말하면 그녀가 아들 담임선생님의 상담 요청을 일방적으로 거부하면서 학교에 보내지 않았다. 그녀는 사회와 점점 더 등을 지기 시작했다. 그러나 생계를 위해 돈은 벌어야 했다. 결국 최정분 씨는 걷지 못하는 남편과 대소변을 가리지 못하는 아이만 집에 둔 채 일하러 나갔다. 문제는 일하러 갈 때 남편과 아이를 방 안에 둔 채 밖에서 문을 잠그고 간다는 것이었다. 방 안에 밥, 김치, 간장, 물을 차려 뒀지만, 두 사람은 그녀가 올 때까지 방 안에 갇혀 있어야 했다. 가끔 그녀가 늦거나 오지 않는 날이면 배고픈 부자는 창밖을 바라보며 소리쳤다.

"배가 고파요. 살려 주세요."

이 모습을 본 주변 사람들은 그녀 가족의 심각한 문제를 위기가정 지원 프로젝트라는 TV 프로그램에 제보하게 되었다.

어쩌면 그것은 그녀가 가장 우려한 상황이었을지 모른다. 그토록 싫어하는 사회복지 서비스 제공을 위해 대한민국 복지 관련 전문가들이 다 개입하게 되었으니 말이다. 방송에서 전문가들은 가족을 제대로 돌보지 못하는 그녀를 대신해 남편은 병원에 입원시키고, 아들은 지적장애 판정후 장애인 시설로 입소시켰다. 우리의 두려움이었던 그녀는 정신질환이 있지만, 약물로 치료가 가능하다고 판단되어 스스로 병원 치료를 받도록 권하면서 방송은 마무리되었다. 그러나 그 방송은 우리에게 새로운 시작이었다. 최정분 씨는 자기 나름의 방식으로 잘 돌보고 있던 가족을 복지라는 이름으로 다가온 사람들이 갈기갈기 찢어 병원과 시설로 데려가 버리자 정신을 잃고 격분했다. 이후 그녀는 주변 사람에게 더 심한 분노와 공격성을 보였다. 특히 그 분노는 사회복지 담당자에게 집중되었다. 그때 그녀는 가족과 살던 곳을 떠나 내가 복직한 동洞으로 이사 왔다. 그리고 하필 그때 난 그녀의 사회복지 담당자, 사회복지 하는 년이었다.

상담 내용을 다 읽고 나니 정신이 아찔했다. 시간 내어 최정분 씨가 나온 방송까지 보고 나니 온몸에 소름이 돋았다. 하지만 정신을 가다듬으며 우리가 그녀를 돕기 위해 애를 쓰고, 그녀가 조금이라도 정상적인 생각을 한다면 어떤 방법으로든 해결책이 있을 거라 믿었다.

당시 공직 사회는 친절 서비스를 강요했고, 기존에 없던 친절 정책들이 쏟아져 나왔다. 우리 구區도 행정의 투명성과 친절을 강조하며 민원 응대 공무원 자리 앞에 담당자의 이름과 담당 업무를 적은 명패를 붙이기 시작했다.

어느 따스한 봄날, 내 자리에도 친절과 신뢰의 상징인 명패가 붙여지고 있었다.

기초수급자 상담 및 관리

사회복지 담당자 신아현

솔직히 난 그 명패가 싫었다. 우리가 만나는 사람들은 질병과 생활고로 세상에 대한 불만이 많은 사람이 대부분인데, 그들에게 굳이 나의 이름을 각인시키고 싶지 않았다.

역시 나의 걱정은 현실이 되었다. 내 앞에 명패를 붙이는 작업이 한창일 때, 동주민센터 입구에서 큰 소리가 들렸다.

"사회복지 하는 년 나와! 사회복지 하는 년이 누구야?"

최정분 씨였다. 그녀는 소리를 지르면서 동주민센터 문을 박차고 들어와 단숨에 내 자리까지 뛰듯이 걸어왔다. 기가 막히게 그때, 명패는 내 앞에 자리 잡기를 마무리했다.

"어, 여기 있었네. 사회복지 하는 년. 신! 아! 현!"

그녀는 손가락으로 내 이름 한 자씩 가리키며 또박또박 읽어 나갔다. 그 순간부터 그녀에게 사회복지 하는 년은 신아현, 딱 한 사람만 각인되었다.

"사회복지 하는 년, 신아현! 니가 사회복지 하는 년이구나."

이후 또 입에 담기도 힘든 욕설과 함께 금방 작업이 끝난 내 명패도 잡아 뜯으려고 안간힘을 썼다. 순식간에 동주민센터는 난장판이 되었고, 이번에도 남자 직원들이 뛰어나와 두 팔을 잡고 밖으로 끌어냈다.

"사회복지 하는 년, 신아현! 내가 니년을 가만두는지 봐라!"

그녀는 끌려 나가면서도 소리를 내질렀고, 그 소리는 한참 동안 내 머릿속에 남아 메아리처럼 울렸다. 두려웠다. 내가 그녀의 '사회복지 하는 년'이라는 사실이 무서웠다.

이후에도 그녀는 하루도 빠짐없이 수십 통의 전화로 심한 욕설과 폭언을 했다.

"야 이 ××년아! 내 지금 니년의 아가리를 찢으러 간다."

"내 오늘 니년의 눈깔을 후비 파러 간다."

생각하기도 무서운 말과 욕설을 계속 들으니 전화벨 소리에도 심장이 두근거렸다. 그리고 왠지 나 때문에 동주민센터가 매일 소란스러운 것 같아 미안하고, 자존감도 떨어졌다. 그러나 도저히 해결책을 찾을 수가 없었다.

최정분 씨에게 나를 죽이겠다는 전화가 오면, 나는 재빨리 그녀 옆집에 사는 기초수급자 할머니에게 전화해 그녀의 동태를 물었다. 할머니가 그녀가 전화만 하면서 집에 있다고 답하면 편하게 일했고, 그녀가 방금 분홍색 가방을 메고 나갔다고 답하면 동주민센터에 비상을 걸었다. 나는 급하게 책상 밑, 화장실, 책장 뒤에 몸을 숨겼고, 직원들은 내가 외근 나간 것으로 입을 맞췄다. 그때는 일단 그녀와 마주치지 않는 게 상책이었다.

그렇게 매일 두려움에 떨며 숨기를 반복하던 중, 일이 터졌다. 그날도 어김없이 그녀는 전화로 선전포고를 했다.

"사회복지 하는 년! 신!아!현! 내 지금 니년의 대갈통을 빠수러 간다."

매일 듣는 욕이라 익숙해질 만도 한데 욕은 아무리 들어도 익숙해지지 않고 더 무섭기만 했다. 그날은 민원인이 줄을 서 있을 만큼 많아 그녀의 전화를 받고도 동태를 파악하지 못했다. 민원인과 한참 상담하는데 갑자기 하늘에서 날벼락이 떨어졌다.

"야 이년아! 내 아들, 내 남편 내놔라! 아니면 신아현 니년의 대갈통을 내놔라."

괴성과 같은 고함과 함께 무언가 깨지는 소리가 심하게 나더니 순식간에 쓴맛의 액체가 내 얼굴을 타고 내려와 턱 밑에서 뚝뚝 떨어졌다. 동주민센터는 민원들의 비명과 그녀의 괴성이 섞여 혼란 그 자체였다. 나는 정신이 혼미한 상태로 간신히 눈을 뜨고 앞을 바라보았다. 누런 맥주병이 컴퓨터 모니터와 키보드 사이에 떨어져 박살 나 있었다. 내 얼굴에 흘러내리는 쓰디쓴 액체는 맥주였다.

다행히 맥주병이 컴퓨터를 맞고 떨어져 다친 사람은 없었 지만, 놀란 민원인과 사방으로 흩어진 유리 조각으로 동주민 센터는 아수라장이 되었다. 직원이 급하게 112에 신고하자, 심상찮은 분위기를 파악한 그녀는 직원들이 잡은 팔을 뿌리 치고 도망쳐 버렸다. 우리는 일단 유리 조각 파편들과 어질 러진 책상을 정리했다. 긴급하게 불렀던 경찰은 2, 30분이 지나 동주민센터가 일부 정리된 이후 도착했다. 경찰은 사 건에 대해 이것저것 물어보면서 수첩에 적었다. 그리고 직 원 외 증언할 사람이 없냐고 물었다. 당시 함께 있던 민원 인들은 이미 가 버리고 없었다. 그러자 상황을 볼 수 있는 CCTV가 있는지 물었다. 그때는 동주민센터에 CCTV가 없 었다. 경찰은 누군가 맥주병을 던진 상황은 인정되지만, 공 무원 외 증언할 사람도 CCTV도 없고, 다친 사람도 없어 특 별히 뭔가를 할 수 없다고 했다. 내가 죽을 뻔했는데도! 나 는 화가 나 울면서 경찰에게 큰 소리로 말했다.

"아니, 이렇게 매일 목숨을 위협받으면서 일하는데 아무 대책이 없고, 맥주병을 사람에게 던졌는데도 아무 조치가 없는 게 말이 돼요? 이건 뭐 사람이 죽거나 다쳐야 하는 거예요?"

그런데 정말 그렇단다. 경찰은 상해의 경우 피해자의 피해가 있어야 가해자를 처벌할 수 있는데, 현재 피해자도 없고, 위협을 확인할 증거도 명확하지 않아 아무것도 할 수가 없다고 했다. 난 내가 다치거나 죽어야 그녀의 위협에서 벗어날 수 있다는 사실에 경악했다.

이제 경찰도 믿을 수 없고, 살기 위해 뭐라도 해야겠다는 생각이 들었다. 일단 구청에 그날의 상황을 보고하면서, 관련 부서에 공무원이 안전하게 일할 수 있도록 해 달라며 해결책을 요구했다. 그러나 그 뒤 내려진 조치는,

민원인이 많은 동주민센터 우선으로 CCTV 설치!

사후 약방문 같았다. 위험에서 나를 지켜 주는 게 아니라 상황이 일어난 이후 처벌을 위한 CCTV 설치. 위기 상황에 대비해 나를 보호해 줄 장치가 아무것도 없다는 사실이 두

렵고 슬펐다. 그때 처음으로 진지하게 사표를 고민했다. 하지만 그녀 때문에 소중한 내 일을 잃을 수는 없었다. 결국 답이 없는 두려움만 점점 커졌다.

어느 날, 최정분 씨는 동주민센터가 아닌 아이가 있는 장애인 시설에서 큰 사고를 쳤다. 아이를 내놓으라며 시설을 찾아가 시설장을 폭행하고, 담당 교사의 얼굴을 심하게 할퀸 것이다. 그 일은 그녀를 관리하는 우리 동에 바로 전해졌다. 나는 폭행당한 교사의 두려움과 아픔에 깊이 공감했다. 그리고 이번에는 제발 그녀가 제대로 처벌받기를 바랐다. 그러나 그 바람은 하루 만에 무너졌다. 경찰은 무기를 소지하지 않은 채 전치 3주 이하의 상해는 불구속이라며 그녀를 다시 세상 밖으로 내놓았다. 정말로 누군가 죽거나 심하게 다치지 않으면 방법이 없을 것 같았다.

그러나 이번에 그녀의 존재에 대한 위기를 느낀 장애인 시설 측에서 우리 구청 쪽으로 공동 대응을 요청해 왔다. 계속 불안을 호소하며 해결을 요구하는 담당자 한 명이 아닌 시설에서 위기 대응을 요청하자, 이번에는 구청이 움직이기 시작했다. 구청 기초수급팀, 장애인복지팀, 아동팀, 그녀의 아들이 있는 장애인 시설, 관내 소방서, 경찰서, 인근 정신병원 등 각 기관과 부서의 담당자가 만나 긴급회의를 열었다. 물론 동 담당자인 나도 참석하였다. 회의 석상에서 구 담당자는 최정분 씨의 인적 사항을 간단히 설명한 후 나에게 대상자와 있었던 몇 가지 사례를 언급해 달라며 마이크를 넘겼다. 나는 그녀와의 많은 일을 머릿속에 떠올리며 일어섰지만, 막상 일어서자 아무 말도 나오지 않았다. 손을 벌벌 떨며 한참 동안 마이크를 잡고 있다 간신히 한 마디를 뱉었다.

"저 살고 싶습니다. 저 정말 살고 싶습니다."

너무 큰 두려움 속에 있었던 나는 이 말 외에는 아무 말도 할 수가 없었다. 회의장은 갑자기 숙연해졌고, 옆에 있던 동료가 우는 나를 토닥여 줬다.

진심이었다. 난 정말 살고 싶었고, 인간답게 일하고 싶었다. 그게 전부였다.

누구였는지 기억이 나지는 않지만 한 분이 목소리를 높였다.

"이거 우리가 해결합시다. 일단 사람이 살아야 할 거 아닙니까? 이미 위해를 당한 사람도 있고 명백히 위험하고 심각한 상황 맞습니다. 우리 모두 힘을 모아서 우선 행정입원*으로 진행해 봅시다."

그러자 모든 사람이 고개를 끄덕이며 동의했다. 이후 보건소, 경찰서, 소방서를 중심으로 최정분 씨의 입원을 위한 노력이 시작되었다.

행정입원을 시도한 첫날, 길에서 그녀를 잡으려고 했지만 실패했다는 소식이 들렸다. 어처구니없게도 소방서에서 남자 직원만 나와, 여자인 그녀를 잡거나 안을 수 없어 놓쳐 버렸다는 것이었다. 어이가 없었지만, 도망간 그녀가 당장 찾아올 것 같은 걱정과 불안이 앞서 원망하는 마음도 생기지 않았다. 그때 갑자기 주민들에게 전화가 오기 시작했다.

"동주민센터지요? 어떤 미친 여자가 브래지어하고 팬티만 입고 동네를 뛰어다니고 있어요. 한번 나와 보세요!"

연이어 또 전화가 왔다.

"신아현 네 이년! 니가 감히 내를 잡아서 병원에 입원시키려고 해? 내 니년 때문에 지금 벌거벗고 동네방네 뛰어다니고 있다. 니가 나와서 직접 잡아 봐라. 이년아!"

---

* 정신질환으로 자·타해의 위험이 있다고 의심되는 사람을 발견했을 때 특별자치시장·특별자치도지사·시장·군수·구청장에 의해 입원하는 유형

최정분 씨였다. 그녀는 자신을 강제 입원시키려는 낌새와 남자 소방관이 자신을 함부로 잡지 못한다는 사실을 눈치채고 옷을 벗은 채 동네를 뛰어다니고 있었다. 직원들 몇명이 실제 상황을 확인하기 위해 나갔다 들어오면서 고개를 절레절레 흔들었다.

"미쳐도 보통 미친 게 아닙니다."

그날 그 소동으로 많은 사람이 그녀의 실체를 알게 되었다.

그렇게 한바탕 소동으로 행정입원을 실패한 후, 그녀의 입원은 기약 없이 미뤄졌다. 몇 달 후 보건소 응급입원 담당자가 바뀌면서 그녀의 입원이 다시 논의되었다. 바뀐 보건소 담당자는 문제의 심각성을 깨닫고, 신속하고 정확한 입원을 위해 치밀하게 계획을 세웠다.

어느 무더운 여름, 그녀는 드디어 병원에 입원했다. 이제모든 두려움과 괴로움이 끝나리라 생각했다. 그러나 정신병원에서도 인권 보호 차원에서 전화를 이용할 수 있어 그녀의 폭언과 협박은 전화로 계속되었다.

"니년이 감히 나를 잡아 가둬. 기다리라. 내 곧 니년의 모가지를 따러 갈 거다."

여전히 두렵고 익숙해지지 않는 폭언이었지만, 당장 나

오지 못할 걸 알기에 견딜 만했다. 그렇게 시간이 흘렀고 내 머릿속에 그녀에 대한 두려움은 조금씩 옅어져 가고 있었다.

몇 년 후, 구청에서 일할 때 그녀의 퇴원 소식이 들렸다. 입원 동의 보호자였던 그녀의 오빠가 최정분 씨의 협박을 견디지 못해 퇴원 동의를 했다는 것이다. 그녀의 퇴원 소식이 들리자, 옅어졌던 두려움이 다시 올라왔고 행여나 그녀가 구청까지 찾아올까 무서웠다.

며칠 뒤 최정분 씨는 정말 퇴원했고, 예상대로 퇴원하자마자 내가 근무했던 동주민센터를 찾아갔다.

"신아현! 그년의 목숨을 가지러 왔다."

말로만 듣던 그녀가 분홍색 가방을 옆구리에 낀 채 동주민센터에 들어오자, 거기에 있던 모든 직원이 경악했다고 한다. 소문을 들으며 상상했던 것과 달리 그녀가 너무 평범하게 생겨서, 그리고 그런 평범한 얼굴로 평생 들어 보지도 못한 욕을 너무나 빠르게 잘해서.

그녀는 협박과 욕을 하며 나를 찾았고, 직원 한 명이 내가 퇴사했다며 거짓말을 했지만, 믿지 않았다.

그녀의 퇴원 소식은 삽시간에 전 동과 구청에 퍼졌고, 직원들은 실시간으로 그녀의 동태와 행동, 말을 나에게 전달했다.

"지금 동주민센터에 있다가 구청 간다고 나갔어."

"방금 민원과에 와서 신아현 어디 있냐고 찾았는데, 없다고 했어."

"지금 본관 2층 계단 올라가고 있으니, 얼른 다른 계단으로 도망가."

그녀는 수시로 동주민센터와 구청을 오가며 나를 찾았지만, 직원들의 도움 덕분에 빨리 몸을 피할 수 있었다. 그러나 늘 두려움과 안도를 오가는 불안한 날이 계속되었다.

그렇게 몇 달이 지나도 나를 찾지 못한 그녀는 다른 지역으로 이사 갔다. 그곳에서도 동주민센터와 주변 사람들에게 위해를 가해 다시 병원에 입원했다는 소식이 들렸다.

몇 년이 지난 지금도 나는 분홍색 가방을 든 사람을 보거나, 최정분과 비슷한 이름을 들으면 소스라치게 놀란다.

나는 정말 그녀가 무서웠다. 아니, 지금도 무섭다. 그러나 시간이 지나면서 무서움과 또 다른 감정이 생기기 시작했다. 그녀의 모든 말과 행동은 상식적이지 않았지만, 그 모든 것의 시작은 그녀만의 사랑이었다. 그녀는 정말 가족을 사랑했었다. 몸을 잘 움직이지 못하는 남편이 자신이 없는 곳에서 넘어지거나 죽을까 걱정했다. 신발조차 스스로 신지 못하는 아이가 밖으로 나가 다치거나 집으로 돌아오지 못할까 두려워했다. 자신이 없는 동안 누군가 집에 들어와 남편과 아이에게 해를 가할까 무서워했다. 그래서 방문을 굳게 잠갔다. 그녀는 그것이 가족을 지키는 최선이라고 생각했다.

당시 위기지원 프로그램에 출연한 전문가들이 그녀의 가족을 갈라놓지 않았다면, 가족이 함께 살면서 문제를 해결할 수 있는 방법을 찾았다면 지금 그녀의 가족은 어떻게 되었을까? 그랬다면 그녀와 나는, 아니 그녀와 사회복지는 이런 악연은 아니었을까?

최정분 씨! 그때는 당신이 무섭고 두렵기만 해 온전히 이해하지 못했습니다. 그러나 지금은 당신이 느낀 분노를 조금은 알 것 같습니다.

'난 그저 내 가족과 함께 내가 선택한 방법으로 잘 살려고 했는데, 사회복지가 왜? 사회복지사가 뭐라고 우리 가족을 이렇게 갈기갈기 찢어 놓는 거야? 왜?'

그게 당신이 내게 하고 싶었던 말이 아니었을까 생각합니다. 당신이 조금 다른 방법으로 나에게 찾아왔다면, 아마 나는 당신 손을 잡고 위로를 건넸을 겁니다. 함께 살 수 있는 방법을 찾아보자고. 그러나 당신의 방법은 옳지 않았습니다.

○

다시 태어난다면 그때는 누구보다 행복하길

다시 태어난다면 형제 많은 집에 사랑 많이 받고 이쁨받는 딸로 태어나고 싶다던 그 소원이 이루어지기를, 절대 외롭지 않기를 진심으로 바랍니다.

누구나 다 생일이 있고, 누구나 다 가족이 있다. 그런데 생일도, 가족도 기억하지 못한 채 외로운, 아니 외로운지도 모르는, 아니 어쩌면 외로움이라는 감정이라도 있어야 그 것을 움켜쥐고 살아가는 사람도 있다.

박정자 할머니는 그런 분이었다. 어릴 때 부모님을 잃은 후 남의 집 일을 거들며 살다 보니 결혼할 시기를 놓쳤다. 그렇게 긴 세월을 부모도 자녀도 없이 홀로 살았다. 그런데도 할머니는 외로움이라고는 전혀 느끼지 않는 것처럼 항상 웃었고, 찾아오는 모든 사람에게 고맙다는 말을 잊지 않는 따스한 사람이었다.

박정자 할머니를 생각하면 늘 같은 모습만 떠오른다. 가정방문을 나간다고 하면, 도착 시간쯤 대문 앞에 서서 목을 쭉 빼고 기다리는 모습, 상담을 마치고 돌아갈 때도 길모퉁이를 돌아 내가 보이지 않을 때까지 웃으며 손을 흔들던 모습이다. 사람 오는 것을 좋아하고 이야기하기를 좋아해 항상 나의 방문을 기다렸고, 방문하면 밀린 이야깃거리를 나누느라 상담 시간은 늘 길어졌다.

매년 우리는 법적으로 해야 하는 업무 외에 특수시책이라는 이름으로 지역에 맞는 새로운 복지 사업을 구상한다. 기존에 하던 것을 잘 이어 가는 것도 좋지만, 하다 보면 식상한 느낌이 들어 새로운 사업을 만들거나 기존 사업을 조금 변경하여 진행한다. 당시 난 혼자 사는 어르신들을 보면서 그들의 생신을 직접 챙겨 줘야겠다는 생각에 '행복한 생신상'이라는 사업을 기획하였다. 동 주민들이 이웃을 돕기 위해 자체적으로 운영하는 이웃사랑회의 후원으로, 혼자 사는 어르신들의 실제 생신날에 맞춰 어르신 집을 찾아가 생신을 축하해 드리는 사업이었다. 원래 취지는 어르신의 생신날 지역 주민들과 함께 방문하여 이웃 간의 정을 나누는 것이었다. 그러나 일상이 바쁜 주민들은 후원금 지원만으로 만족했다. 결국 그 동에 근무하는 3년 동안 담당자인 나 혼자 어르신들의 생신날에 맞추어 생일 축하 방문을 다니며 사업을 진행하였다.

박정자 할머니도 당연히 '행복한 생신상' 사업의 대상자였다.

처음 할머니 생신날 방문했을 때, 할머니는 조카가 며칠 전 찾아와 고기도 사 주고 용돈도 주고 갔는데 무슨 생일을 또 챙기냐며 싫은 듯 좋아했다. 그래도 생신 당일 축하해 주는 건 더 뜻깊다며 계획대로 고깔모자를 쓰고, 케이크에 불을 붙인 후 생일 축하 노래를 불렀다.

"생신 축하합니다. 생신 축하합니다. 사랑하는 박정자 할머니, 생신 축하합니다."

손뼉 치며 노래를 부른 후 폭죽까지 터트리자, 맞은편에 앉아 있던 할머니가 아기처럼 엉덩이를 들썩이며 좋아했다.

"할머니, 그렇게 좋으세요?"

"아이고! 조카가 왔을 때보다 백배 천배 더 좋다. 이래 찾아와 줘서 고맙데이, 이 늙은 할매 생일을 이래 알아서 챙겨 주니 진짜 고맙데이."

할머니는 내 손을 꼭 잡고 고맙다는 말을 여러 번 반복했다.

"할머니, 근데 며칠 전에 진짜 조카가 왔어요?"

"하모, 진짜 와서 고기도 사 주고 용돈도 주고 갔다."

근무하는 동안 할머니 조카를 한 번도 본 적이 없지만, 할머니는 갈 때마다 조카가 왔다 갔다며 자랑했다.

다음 해도 어김없이 할머니 생신날, 케이크와 선물을 사서 방문했다. 할머니는 방문한다는 내 전화를 받고 대문 앞 큰 바위 위에 앉아 목을 쭉 빼고 내가 걸어올 길을 바라보고 있었다.

"할머니! 날도 쌀쌀한데 왜 이렇게 나와 계세요?"

"아이고, 춥기는. 내가 좋아서, 내가 기분이 좋아서 나와 있는 기다. 개안타. 얼른 들어가자."

할머니는 서둘러 집으로 들어가더니 요구르트 하나를 꺼내 주셨다.

"올해는 안 올 줄 알았는데 또 온다 해서 내가 얼마나 고마운지 모른다. 고맙데이."

할머니는 또 고맙다는 말을 연발하면서 조카 자랑으로 이야기를 시작했다. 그런데 이번에는 경로당 사람들과 있었던 속상한 이야기를 슬쩍 꺼냈다.

"경로당 할매들이 내 보고 자기 자식들이 내는 세금으로 편하게 산다고 뭐라 하더라. 그라고 어제는 김 씨 할매 아들이 떡을 가져왔는데, 내한테 떡 하나 주면서 공짜 너무 좋아하는 거 아니냐고 하더라고. 망할 놈의 할매들이 내가 기초수급자라고 무시하는 것 같아서 며칠 기분이 안 좋다."

괜히 나도 기분 나빴다.

"그 할머니들 웃기네. 할머니는 그 사람들한테 대한민국이 내 보호자라고 큰소리치세요. 자식보다 훨씬 낫다고!"

"맞네, 맞네. 내는 자식이 없는 게 아니고, 국가가 내 자식이네. 니 말이 맞네."

할머니는 손뼉을 치며 좋아했다. 말은 그렇게 했지만, 며칠 동안 얼마나 속상했을까 싶어 마음이 좋지 않았다. 그렇게 두 번째 생신상은 속상한 할머니를 위로하며 마무리했다.

그리고 또 다음 해 세 번째, 아니 마지막 생신날이 되었다.

"할머니! 내일 생신이시죠? 몇 시쯤 방문할까요?"

"올해도 오나? 아이고! 좋아라. 내일은 한 11시쯤 올 수 있나?"

"예, 11시에 갈게요."

나는 평상시와 다름없이 할머니 집으로 향했고, 이번에도 어김없이 할머니는 대문 앞에 서서 내가 오는 길을 바라보고 있었다. 그런데 그때는 이상하게 나를 본 후 기다리지 않고 집 안으로 들어가 버렸다. 조금 뒤 따라 들어가려고 하자 할머니가 현관문 입구를 막으며 말했다.

"쪼매만 있어 봐라. 잠시만."

들어가던 걸음을 멈추고 할머니를 기다렸다.

"이제 됐다. 들어온나."

할머니가 방문 사이로 고개를 쑥 내밀며 웃었다. 좁고 낮은 방문을 지나 방 안으로 들어가니, 방 가운데 밥상보가

덮인 작은 상이 있었다.

"할머니, 이게 뭐예요?"

"뭐긴. 진짜 생일상이지. 자, 무라."

밥상보를 들추자 밥상 위에는 팥밥과 미역국, 잘 구워진 조기 한 마리와 삼색나물 그리고 작은 그릇에 소복이 담긴 새빨간 김치가 있었다.

가정방문을 다니다 보면 가끔 음료수, 빵 같은 음식을 주는 민원인들이 있다. 찾아오는 사람을 맨입으로 보내면 안 된다고 생각하는 그들의 마음이지만, 사실 나는 먹기가 불편하다. 어려운 살림에 준비한 음식이라 손이 안 가고, 한 번이라도 넙죽 받아먹으면 다음에도 계속 준비할 것 같아 마음이 편치 않다. 그런데 이건 음료수 정도가 아니고 밥이다. 게다가 거절하기에는 너무 미안한, 정성이 담긴 생신상이었다.

"할머니, 나 직원들하고 점심 먹기로 되어 있는데……. 뭘 이렇게 준비하셨어요?"

"오늘은 여기서 밥 먹자. 내 평생 생일날 다른 사람하고 밥을 먹어 본 적이 없다. 오늘만 내랑 밥 좀 먹어도. 내 꼭 니랑 생일 밥 먹고 싶다."

솔직히 마음은 사무실로 돌아가 직원들과 편한 점심을 먹고 싶었다. 하지만 할머니의 간절한 눈빛을 거절할 수 없었다.

"그러면 오늘만 같이 먹어요. 다음부터 이런 거 챙기면 안 돼요. 우리 민원인한테 밥 얻어먹고 이러면 잡혀가요."

"알았다, 알았다. 내 다시는 이런 거 안 할꾸마. 오늘만 같이 묵자."

할머니의 부탁에 숟가락을 들었지만, 마음은 조금 불편했다.

"우와, 할머니 미역국 진짜 맛있어요. 와, 조기가 안 비리네요. 우리 엄마 밥보다 맛있는데요."

할머니의 손맛과 정성이 들어가 정말 맛있었지만, 조금 더 과장하며 엄지손가락을 치켜세웠다. 그런데 할머니는 나를 쳐다보며 가끔 내 숟가락에 반찬을 올려 주기만 할 뿐 밥을 먹지 않았다.

"할머니, 왜 안 드세요?"

"먹고 있다. 신경 쓰지 마라. 그리고 내는 니 먹는 거 이래 쳐다보고만 있어도 좋네."

"에이! 할머니도 드세요."

할머니는 알겠다고 말하며 한 숟가락 뜨는 듯하더니 다시 말을 이어 갔다.

"나는 다시 태어나면 형제 많은 집에 이쁜 딸로 태어나서 생일날 엄마, 아빠, 언니, 오빠가 생일 축하 노래도 불러 주고, 선물도 많이 주는 그런 사랑 받으면서 살아 보고 싶다."

그냥 스치듯 하는 말인데도, 할머니의 진심과 깊은 외로움이 느껴져 코끝이 찡했다. 고개를 들어 할머니 눈을 보니 웃고 있지만 슬퍼 보였다.

"할머니, 이번 생도 경로당 친구들하고, 조카하고 잘 지내고, 다음 생도 할머니가 바라는 모습으로 태어나서 사랑받고 이쁨받으며 잘 살 거예요."

할머니의 외로움에 그 어떤 말을 보태기가 어려워 어설픈 위로만 건넸다.

"진짜 고맙데이. 많이 무라. 그라고 이렇게 매년 와서 생일도 축하해 주고, 오늘은 살면서 처음으로 생일 밥도 같이 먹어 보고. 기분이 너무 좋아서 이제 죽어도 여한이 없다."

"에잇! 할머니 이래 좋은 날 무슨 말이에요? 나도 이렇게 맛있는 생일 밥을 할머니랑 같이 먹어서 너무 좋네요. 그래도 다음부터는 이런 거 준비하지 마세요."

"그래그래. 이제 안 할 거다."

웃으며 얼른 밥 먹으라는 할머니의 손짓에 열심히 밥숟가락을 떴다. 이런저런 이야기를 조금 더 나누고 나오는데, 할머니가 떡도 했다며 외투 호주머니 속으로 비닐에 싸인 떡을 넣어 주었다. 완벽한 생신상이었다.

맛있는 밥에 떡까지 챙겨 줘서 감사하다며 인사하고 나왔다. 할머니는 여느 때와 다름없이 길모퉁이를 돌아 내가 보이지 않을 때까지 손을 흔들며 웃고 있었다. 늘 보던 모습인데도 그날따라 이상하게 가슴에 찬 바람이 불었다. 생일 밥을 혼자 먹기 싫었던 할머니의 외로움이 내 심장에 박힌 건지, 다음 생에 사랑받는 사람으로 태어나고 싶다던 할머니의 슬픈 바람이 내 몸을 휘감은 건지는 알 수 없었다. 나는 그저 나의 예민한 감정 탓이라고 생각하며 발걸음을 돌렸다. 그게 마지막이라는 걸 알지 못한 채…….

며칠 후, 병원 응급실에서 전화가 왔다. 박정자 할머니가 농약 마신 것을 이웃 주민이 발견해 119에 실려 왔는데, 아무래도 오늘을 넘기기 어려울 것 같다며 할머니의 보호자를 빨리 찾아 달라는 전화였다. 상상도 하지 못한 말에 전화를 받는 내내 손이 덜덜 떨렸다. 그리고 할머니의 슬픈 웃음과 함께 마지막 생신상을 같이 먹었던 장면과 둘이 나눈 이야기가 파노라마처럼 머릿속을 스쳐 지나갔다.

'할머니는 외롭고 힘들다고 나한테 이야기한 거였네.'

나는 왜 그 깊은 외로움과 우울을 제대로 인지하지 못했을까? 나는 왜 그 말의 의미를 깊이 생각하지 않았을까?

놀람, 두려움, 걱정, 좌절, 죄책감 등 부정적인 모든 감정이 한꺼번에 휘몰아치면서 숨이 쉬어지지 않았다. 그러나 그런 감정에 계속 빠져 있을 수는 없었다. 급하게 할머니 가족관계등록부 등을 뒤져 가까운 친척을 찾은 후 할머니 상황을 전달하고, 병원으로 향했다.

할머니는 병원 입구 중환자실에서 산소호흡기에 의지한 채 누워 있었다. 병실 유리 너머의 할머니를 보자 하염없이 눈물이 났다. 마지막 생신날 같이 밥을 먹으며 웃었던 할머니 얼굴이 떠올라 견딜 수가 없었다.

'내가 무슨 짓을 한 걸까? 난 왜 그날 할머니가 이렇게 힘들고 외롭다는 걸 눈치채지 못했을까? 아니, 분명 외로워한다는 걸 알았으면서 왜 더 챙기지 못했을까?'

할머니의 말을 어르신들이 하는 그저 그런 넋두리로 생

각하고, 그 밥의 의미를 깨닫지 못한 나의 무감각함에 화가 났다. 할머니가 이렇게 되도록 내가 내버려뒀다는 죄책감을 느끼자 갑자기 체한 듯 헛구역질이 나왔다. 그렇게 한참을 중환자실 유리 앞에 서서 할머니를 바라보며 울다 조용히 마지막 인사를 했다.

'할머니, 할머니! 제 말이 들리세요? 할머니! 꼭 다음 생에는 건강하고 좋은 부모님과 형제자매 많은 집에 이쁜 딸로 태어나 외롭지 않게 행복하게 사세요. 꼭!'

간절한 마음을 담아 염원하고 먼발치에서 간단하게 묵례한 후 할머니와 작별했다. 사무실로 돌아오는 동안 내내 눈물이 걷잡을 수 없이 흘러내렸다. 어떤 말로도 표현할 수 없는 먹먹함에 가슴을 부여잡았다.

그날 밤, 할머니는 돌아가셨다. 얼마 뒤 할머니 친척들이 간단하게 장례를 치렀다는 소식이 들려왔다. 한동안 할머니를 생각하면 정성스럽게 차려진 생신상과 슬프게 웃는 얼굴, 할머니의 마지막 소망이 떠올라 우울감에 사로잡혔다.

그렇게 두어 달이 지난 후, 나는 두 아들과 함께 강화도로 여행을 떠났다. 평소 장거리 여행도 거뜬한 체력을 가졌는데, 그날따라 심하게 차멀미를 했다. 1박 2일 동안 잘 먹지도 못하고, 컨디션이 좋지 않아 나로 인해 모두가 불편한 여행이 되었다. 그런데 순간 이상한 생각이 들었다.

'입덧인가? 그럴 리가 없는데……'

떨리는 마음으로 임신 테스트를 해 보니, 세상에! 계획도, 상상도 하지 못한 임신이었다.

내 나이 마흔두 살. 이미 두 아들이 있고, 큰아들은 곧 중학생이 되는데 늦둥이가 찾아온 것이다. 처음엔 기쁨보다 놀라움과 걱정이 앞섰다. 병원에 가니 의사조차도 너무 노산이라 축하한다고 말하기 어렵다고 했다. 단지 철없는 두 아들만 여동생이면 좋겠다며 기대하고 기뻐했다. 두렵고 걱정스러웠지만 나에게 온 새 생명을 감사하게 생각하며 받아들인 순간, 문득 할머니에게 했던 말이 떠올랐다.

'할머니! 다음 생에는 건강하고 좋은 부모님과 형제자매 많은 집에 이쁜 딸로 태어나 사랑받고 이쁨 많이 받으면서 행복하게 사세요.'

나는 그해 늦둥이 딸을 낳았다. 늦둥이 딸은 건강한 우리 부부와 여동생이 태어나 인생이 행복해졌다는 두 오빠, 손

너딸이 최고라며 좋아하는 할머니, 할아버지의 사랑을 듬뿍 받으며 건강하고 행복하게 잘 자라고 있다.

○

죽음 앞에서 알게 된 낯선 두려움

관심받고 싶어서, 살고 싶어서, 차마 외롭다고 말하지 못해서 그들은 그렇게 다양한 모습으로 우리 앞에서 몸부림친다. 그 몸부림을 알아주는 순간, 그들은 우리와 눈을 맞댄다.

외눈의 온몸 문신 고경호!

나는 그의 이름조차 입에 올리기 싫어서 그냥 '온몸 문신'이라고 그를 칭한 적이 있었다.

"언니, 오늘 왜 이렇게 힘이 없어요?"

"온몸 문신이 한바탕하고 갔다."

"아이고, 또? 안 그래도 사무실에 들어오는데 분위기가 이상하더라."

그랬다. 그는 동주민센터를 자주 오지는 않았지만, 자신이 원하는 것이 있거나 불만이 있으면 한 번씩 나타나 동주민센터를 살얼음판으로 만들고 갔다.

그는 조직 폭력배 출신으로 젊은 시절 싸움판에서 한쪽 눈을 잃어 의안을 하고 있었다. 그리고 온몸에는 一心이라는 글자를 중심으로 한 마리의 용이 꿈틀거렸다. 내가 그의 몸을 굳이 볼 이유도, 볼 필요도 없었지만, 화가 나면 제일 먼저 웃옷부터 벗어 던지는 그의 불같은 성격 탓에 본의 아니게 그것들을 볼 수밖에 없었다.

그는 세상일이 뜻대로 풀리지 않거나, 정부와 사회에 불만이 생기면 나를 찾아왔다. 그리고 몇 가지 질문이나 요구 사항을 던져 원하는 답을 얻지 못하면, 나의 말, 행동 하나하나를 트집 잡기 시작했다. 말도 안 되는 억측의 트집이 정당성마저 인정받지 못하면 심한 욕설과 함께 의자를 바닥으로 집어 던지는 폭력도 서슴지 않았다. 그러나 그런 그를 말릴 수 있는 사람은 없었다. 당시 동주민센터에 있는 10명 남짓의 직원 중 동장, 사무장을 제외하면 대부분 여직원이라 큰 덩치의 온몸 문신인 그를 아무도 대적하지 못했다.

그런 그와 웬만하면 마주치지도 얽히지도 말아야 했는데, 일이 생기려고 하면 어떻게든 생긴다. 그와의 인연은 한 통의 전화를 받으면서 시작되었다.

민원인이 밀려와 정신없이 업무를 처리하던 어느 날, 한 통의 전화가 왔다.

"거기 동주민센터지요? 혹시 고경호 씨 담당자세요?"

"네, 그렇습니다. 무슨 일이세요?"

"네, 저는 고경호 전 부인입니다. 어렵게 부탁할 일이 있어서 전화를 드렸는데요."

수화기 너머에서 들리는 그녀의 목소리에서 불안과 두려움이 느껴졌다. 긴 한숨 끝에 그녀는 나지막한 목소리로 조심스럽게 이야기를 시작했다.

그녀는 몇 해 전 고경호 씨의 가정폭력을 견디지 못해 집을 나왔다. 바로 이혼하고 싶었지만, 이혼조차 마음대로 해 주지 않는 그와의 질긴 인연은 친정 식구들의 도움으로 간신히 끝이 났다. 그녀와 고경호 씨의 인연은 끝이 났지만, 두 사람 사이에는 아이가 있었다. 그는 아이의 주민등록지를 확인해 수시로 그녀를 찾아왔고, 이혼 전처럼 다양한 이유로 폭력을 휘두르고 협박을 하며 집을 쑥대밭으로 만들었다. 결국 그녀는 법원에 접근금지 신청을 하였고, 현재는 아이와 함께 숨어 사는 중이라고 말했다. 그런데 문제는 현재 고경호 씨가 사는 집이 그녀 명의의 집인데, 딱 버티고 살면서 나갈 생각을 하지 않는다는 것이었다. 이젠 그 집을 팔고 아이와 살 집을 장만하고 싶으니 그가 집에서 나갈 수 있도록 도와 달라는 것이 그녀의 부탁이었다.

그녀의 딱한 사정은 이해했지만, 내가 부동산 중개업자도 아니고 기초생활보장 수급 담당자일 뿐인데 그들의 가정불화와 둘 사이에 복잡하게 얽힌 집 처분 문제에까지 끼고 싶지는 않았다. 더더군다나 상대는 그 유명한 고경호 씨가 아닌가!

그런데 고경호 씨의 전처가 매매는 자신이 법으로라도 해결할 테니, 집이 매매된 후 그가 살 수 있는 집, 즉 전세임대주택이나 영구임대아파트를 신청할 수 있도록 도와 달라고 했다. 이야기를 듣고 가만히 생각해 보니, 집이 매매되면 갈 곳조차 잃은 그가 그녀는 물론 나에게 어떻게 할지, 상상만으로도 끔찍했다. 그런 끔찍한 일은 피하고 싶었다. 또 우리는 이런 경우를 대비해 기초생활보장 수급자에게 임대주택 신청을 안내하고 돕는 사람이었다.

그녀에게 알았다고 말한 후 며칠 고심 끝에 고경호 씨에게 전화를 걸었다.

"선생님, 안녕하세요. 동주민센터 사회복지 담당잡니다. 다름이 아니라, 선생님은 기초수급자라서 전세임대주택이나 영구임대아파트 같은 주거지원 서비스 신청이 가능합니다. 혹시 희망하시면 신청할 수 있도록 도우려고 안내차 전화를 드렸습니다."

"뭐라해 샀노? 야! 니 누구야? 내 집에 내가 잘 살고 있는데 무슨 집을 신청해서 이사 가라고 해 샀노? 어? 니 누구야? 동사무소야? 딱 기다리라."

다짜고짜 수화기 너머로 들려오는 고함과 전화기를 집어던지는 듯 끊는 소리에 간담이 서늘했다. 괜히 전화했다고 생각하는 순간, 정말 순식간에 누군가 웃통을 벗으며 동주민센터로 뛰어 들어왔다.

"지금 나한테 전화한 사람 누구야? 어디 앉은 년이야? 어? 어디 임대아파트 이야기를 해 사면서 이사 가야 하느니 이상한 소리를 해 샀노? 안 그래도 지금 열받아 죽겠구만. 누구야?"

그는 온몸의 용들을 꿈틀거리며 내 앞에 놓인 의자를 바닥으로 던졌다. 순식간에 동주민센터는 아수라장이 되었고, 난 무서워 소리를 지르며 몸을 웅크리고 앉았다. 남자 직원 한 명이 뛰쳐나가 그를 말렸지만, 덩치가 산만 한 그를 잡기에는 역부족이었다. 더는 숨어 있을 수만은 없어 두려움에 떨면서 일어나 말했다.

"선생님! 선생님! 제가 전화했습니다. 제발 그만하시고 일단 설명부터 들으세요."

욕을 하고 소리를 지르던 그는 내 목소리에 잠시 멈칫했다.

"니야? 니가 전화했어? 그래 니가 뭔데 내한테 이사 가라 마라 하노? 니가 대통령이야? 니가 국회의원이야? 니가 뭔데?"

"선생님, 제가 이사 가시라고 말씀드린 게 아니고 기초수급자면 받아야 할 복지 서비스를 안내해 드린다고 전화한 거였어요."

"뭐, 안내? 그래, 한번 안내해 봐라. 도대체 니가 무슨 생각으로 내한테 그런 전화를 했는지 한번 들어나 보자."

나는 전처와 나눈 이야기를 숨긴 채 어떻게 말을 해야 할지 빠르게 머리를 굴렸다.

"선생님, 전 선생님 복지 담당자고요. 다양한 복지 제도를 알려 드릴 의무가 있습니다. 지금 당장 이사 가시라는 게 아니고 이런 주거지원 서비스가 있으니 알고 계시다가 혹시 필요하면 신청하시라고 안내 전화를 드린 거예요. 선생님한테만 전화한 게 아니고 기초수급자에게는 다 안내하고 있었습니다."

머리를 쥐어짜며 성심껏 이야기했더니 그는 살짝 설득되는 듯했다.

"그럼 다른 의도는 없고 내한테 도움 줄라고 전화를 한 거란 말이제? 니 뭐 다른 거 아는 거 없나?"

"무슨 다른 거요? 전 그저 때 되면 드리는 안내 전화를 했을 뿐입니다."

"니 앞으로 전화할 때 똑바로 해. 사람 열받게 하지 말고."

그는 나의 답변에 다른 의도가 없었다는 걸 인정한 듯 마지막 한마디를 던지고 나갔다. 그가 나간 후 여기저기서 한

숨 소리가 들렸고, 곧 안도의 정적이 흘렀다. 직원들은 뒤집힌 의자를 바로 세우며 고생했다는 말 외에는 어떤 말도 하지 못한 채 자리로 돌아갔다. 흩어진 서류를 정리하고 의자에 앉는데, 뒤늦게 몰려오는 서러움과 두려움에 눈물이 왈칵 쏟아졌다.

얼마 뒤 그의 전처로부터 더 자세한 이야기를 듣게 되었다. 현재 그가 사는 주택은 매매되어 강제 퇴거를 위한 소송이 진행 중이었다. 그는 집에서 쫓겨날 수 있다는 불안과 스트레스로 전처 가족들까지 찾아가 위협을 가하고 있었다. 그런 상황에 내가 전화로 임대주택 이야기를 꺼냈으니, 그는 내가 전처와 짜고 자기를 내쫓으려 한다고 생각할 만했다.

이후 그는 집을 나갈 수밖에 없는 상황임을 인정하고, 동 주민센터에 전세임대주택을 신청하기 위해 왔다. 그런데 이런 날 꼭 일이 꼬인다. 늘 점심 먹고 일찍 자리에 앉는데, 하필 그날 양치하고 자리에 앉으니 1시 3분. 3분이 늦었다. 점심시간이 끝날 무렵 나를 찾아와 기다리고 있던 그는 나를 보자마자 소리를 질렀다.

"지금 몇 시고? 점심시간 하나 안 지키는 게 무슨 공무원이야? 이거 감사실에 신고해서 징계 먹여야 하는 거 아냐?"

"선생님, 저 사무실에 있었고 잠시 양치하느라고 늦었습니다."

"공무원 점심시간은 양치 시간까지 포함해서 1시까지야! 그런 기본적인 근무 시간 하나도 안 지키는 사람이 어디 거기 앉아서……."

점심시간 3분 늦은 일로 트집을 잡기 시작했다. 어떤 말에도 대응하지 않고 묵묵히 전세임대 신청을 받으며 필요한 말만 전달했다. 그런데 전세임대주택 신청 후 선정까지 수개월이 걸린다고 안내하자 그는 갑자기 더 크게 흥분하기 시작했다.

"지금 당장 살 집이 없다는데 몇 달 기다리라는 게 말이 되나? 이게 무슨 개뼈다귀 같은 복지고? 당장 동장 나오라 해!"

생각대로 일이 되지 않자 동장, 구청장, 정부를 탓하며 소리를 질렀다. 보다 못한 남자 직원이 나와서 한마디 거들었지만, 오히려 멱살만 잡혀 바닥으로 내동댕이쳐졌다. 결국 다른 직원이 경찰에 신고하면서 사태가 마무리되었다. 나의 일로 동료가 다치고 온 직원이 소란 속에 놓이자 미안함과 부끄러운 마음이 더해져 그에 대한 두려움이 더 커졌다.

다행히 전세임대주택 선정이 생각보다 빨리 진행되어 그는 두 달 뒤 다른 동으로 이사 갔다. 전출자 명단에서 그의 이름을 보자 가슴이 뻥 뚫린 듯 후련했고 입가에 미소가 절로 나왔다. 하지만 그가 전입한 동을 생각하니 괜히 미안했다. 아니나 다를까 얼마 뒤 그 동 직원이 고경호 씨 때문에 힘들어한다는 소식이 들렸다. 신규 직원 한 명은 울었다는 말과 함께. 그는 장소만 바뀌었을 뿐 여전히 온몸 문신으로 자신의 존재를 내보이고 있었다.

세월이 흘러 그를 다시 만났다. 구청에서 기초생활보장 수급자의 의료비 지원업무를 담당하고 있을 때 전화가 왔다.

"내가 당뇨병 환잔데요. 당뇨병 검사지 사면 구청에서 돈을 준다 해서 내 방금 10만 8천 원 치 샀거든요. 그러니 돈 주소."

"예? 선생님, 그거 그냥 사시면 안 되고, 의사 처방전 등 서류를 준비해서 구청으로 오셔야 해요."

어디서 많이 들은 목소리라 생각했지만, 누군지 빨리 떠오르지 않았다. 그런데 상대방이 먼저 내 목소리를 알아차렸다.

"어? 혹시 신 여사 아닌교?"

'앗! 고경호 씨다.'

갑자기 전화기 너머에 있는 사람이 누군지 기억나면서, 그가 소리를 지르며 뛰어올 것 같아 심장이 두근거렸다. 그래서 더 모르는 척 대답했다.

"아, 네, 맞습니다. 누구신가요?"

"이봐라. 몇 년 못 봤다고 모르는 척한다. 내 고경호요. 이 자 뺐는가 베."

"아, 안녕하세요. 잘 지내셨어요? 세월이 얼만데, 목소리를 다 기억하세요?"

"알지. 내가 모를 리가 있나. 내가 얼마나 괴롭혔는데. 그때 내가 좀 많이 돌아 가지고 신 여사한테 심하게 했지. 내 안 그래도 만나면 칼국수 한 그릇 사 주고 싶었는데, 언제 한번 저기 시장 가서 칼국수나 한 그릇 합시다. 내가 사 줄게."

"아, 예. 말씀이라도 감사합니다."

"내 빈말하는 사람 아닌 거 알죠? 꼭 한번 보입시다. 그라고 내 당뇨병 검사지, 이 돈은 우야튼 신 여사가 알아서 챙겨 주소. 내 믿고 전화 끊습니다."

실제로 만날까 두려운 사람인데 밥을 먹자니. 생각만 해도 싫었다. 게다가 아무 서류도 없이 돈을 달라는 그의 억지에 어이가 없었다. 다시 전화 걸어 필요한 서류를 설명해야 하는데, 두려움 때문에 전화기에 쉽게 손이 가지 않았다. 깊게 한숨을 들이쉰 후 천천히 전화번호를 눌렀다.

그런데 그가 변했다. 버럭 화를 내거나, 자신은 모르니 알아서 돈만 넣으라고 우겨야 하는데, 서류가 복잡해서 짜증 난다는 강도 낮은 불만만 토로했다.

며칠 뒤, 그가 서류를 챙겨 구청으로 왔다. 멀리서 들어오는 모습을 보는 순간, 또 심장이 두근거렸다.

"신 여사 오래간만이요. 하나도 안 늙었네."

"네. 선생님도 그대로시네요."

의미 없는 인사를 나눈 후, 서류를 받았다. 그는 앞으로 자신이 받을 수 있는 복지 서비스가 있으면 바로 연락해 달라며 조용히 갔다. 그가 떠난 자리의 조용함이 어색했다.

어느 날 퇴근 한 시간 전, 그에게 전화가 왔다.

"신 여사. 잘 지내요? 진짜 미안한데 오늘은 부탁할 게 있어서 전화했소."

"예, 말씀하세요."

"신 여사, 내 간암인 거 알지요?"

몇 년 전 간경화를 앓고 있던 그는 최근에 간암 판정을 받았다.

"예, 얼마 전에 통보된 자료 봤습니다. 많이 힘드시죠? 지금부터라도 술 끊고 건강을 좀 챙기세요."

"그런 거 다 필요 없고, 난 간 이식 말고는 방법이 없다데. 신 여사! 내한테 아가 하나 있는 거 알지요? 가가 내한테 간 이식을 해 주면 내가 산다는데, 아를 찾을 방법이 없다. 신 여사가 좀 찾아 주소. 신 여사가 가한테 아버지 죽는다고 살려 주라고 전화 좀 해 주소."

난감했다. 또 두 사람 관계에 선뜻 나설 수도, 아픈 사람의 부탁을 모르는 척하기도 어려웠다.

"선생님, 저희가 기초수급자의 부양의무자*라도 연락처를 다 알지 못해요. 죄송하지만, 제가 그 전화를 하기는 어

---

* 국민기초생활보장법상의 부양의무자는 수급권자를 부양할 의무가 있는 사람으로 직계혈족(부모, 아들, 딸) 및 그 배우자(며느리, 사위)를 말한다.

렵습니다."

"구청에 있으면 다 조사한다는 거 아는데 모르는 척하지 말고, 내 좀 살려 주소."

그는 자기 말만 하고 전화를 끊었다.

어떻게 해야 할지, 어떻게 해야 내 역할을 다하는 건지 며칠을 고민했다. 그리고 결심했다. 사람이 죽고 사는 문제인데, 분위기라도 살펴보는 게 도리라는 생각이 들었다.

며칠 뒤, 조심스럽게 그의 전처에게 전화했다.

"안녕하세요. 전 예전 고경호 씨를 담당했던 사회복지담당 공무원입니다. 혹시 기억이 나실지요?"

"아, 네, 선생님. 기억하지요. 잘 지내셨어요?"

"네, 저는 잘 지냅니다. 선생님도 잘 지내셨지요? 아이는 벌써 성인이 되었겠네요."

"……."

아무 말이 없었다. 짧은 호흡이 끝난 후 그녀가 말을 이었다.

"아가 아버지를 잘못 만나서. 이게 다 고경호 때문입니다. 어릴 때부터 그런 아비 밑에서 자랐으니 바로 클 수가 있습니까? 지금 사회생활도 제대로 못 하고, 정신과 치료받고 있습니다. 내 팔자가 그 인간 때문에 다 엉망이 됐어요."

전화를 잘못했다는 생각이 들었고, 무슨 말을 꺼내기가 어려웠다.

"그런데 무슨 일로 전화하셨어요?"

"아, 네. 고경호 씨가 간암으로……."

"그 인간이 간암이든 아니든, 죽었든 살았든 내 알 바가 아닙니다. 혹시 뭐 간 이식 이런 걸로 전화한 거 아니지요? 저한테 앞으로 그 인간 이야기로 전화하지 마세요. 이름 듣는 것도 힘듭니다. 우리가 그 인간 때문에 얼마나 힘들게 사는데……."

"네, 병세가 짙어 말씀드려야 하나 고민하다 전화했습니다. 아무쪼록 건강 챙기시고, 잘 지내세요."

"그 인간 죽어도 전화하지 마세요."

더는 아무 말도 할 수 없었다. 그로 인해 파괴된 그녀의 인생과 상처가 목소리에 그대로 전달되어 전화한 사실이 부끄럽고 미안했다.

이후 고경호 씨는 몇 번이나 아들에게 연락해 봐 달라고 부탁했지만, 전화번호를 몰라 못 한다는 말만 반복했다.

어느 날 퇴근 직전, 또 그에게 전화가 왔다.

"신 여사, 내 아무래도 오늘 밤을 못 넘길 거 같소. 신 여사한테 그동안 고마웠다고 말하고 싶어서 전화했소. 내가 칼국수 한 그릇 사 주고 싶었는데 못 사 주고 가서 미안소."

갑작스러운 전화에 놀랐고, 흐느끼는 목소리에 더 놀랐다.

"지금 어디세요?"

"와, 내 어디 있다 하면 올라고? 내 찾지 말고, 신 여사는 지금처럼 그래 잘 지내소. 내는 오늘 기차역 앞에 앉아 조용히 인생을 마무리할 거니깐. 내 오늘 밤이 지나면 이제 이 세상에 없을 거요. 그동안 고마웠소. 신 여사."

그는 더는 손쓸 수 없을 만큼 병세가 짙어져 삶에 대한 의욕을 잃은 듯했다. 그런데 굳이 전화해 기차역에 있다고 말하는 이유는 뭘까?

곰곰이 생각하니 전화 목소리에서 그의 두려움이 느껴졌다. 그는 죽음이 두려웠고, 그 두려움 때문에 살려 달라고 애원하고 싶었던 건 아닐까? 성격 탓에 직접적으로 말하지 못했지만, 그는 나에게 무섭다고 말하고 있었다. 생각이 거기에 미치자 퇴근할 수가 없었다. 들고 있던 가방을 놓고 기차역으로 달려갔다. 그는 기차역 앞 작은 식당에서 소주

한 병을 다 비운 채 앉아 있었다. 슬며시 다가가 앞에 앉자 그는 눈을 동그랗게 뜨면서 쳐다봤다.

"신 여사, 지금 내 전화받고 온 거요? 퇴근 안 하고 지금 내한테 온 거요? 이런 영광이……. 와 줘서 고맙소. 내 이제 죽어도 여한이 없다. 내 이 은혜는 절대 안 잊을 거요."

"선생님이 이상한 말을 하니 안 올 수 있어야죠. 쓸데없는 생각 하지 마시고 집에 들어가세요. 몸도 아픈 사람이 이렇게 술을 먹으면 우짭니까?"

"내가 술 먹는 것도 담당자가 걱정해 주고……. 내 인생 잘 살았다. 이제 진짜 죽어도 여한이 없다."

몇 마디 나눈 후 그가 털레털레 집으로 돌아가는 뒷모습을 본 후 퇴근했다. 집으로 오는 길에 산만 하다고 생각한 그의 덩치가 한없이 작아 보인, 낯선 뒷모습이 계속 떠올랐다.

그런데 그는 이후에도 몇 번이나 술을 먹고 오늘 밤 죽는다며 전화했다. 한두 번은 걱정과 안타까운 마음에 뛰어나갔지만, 이젠 술만 먹으면 으레 하는 행동 같아 나가고 싶지 않았다. 그러나 어리석은 건지, 걱정이 많은 건지, 이후에도 난 그의 전화를 받을 때마다 뛰쳐나가 그를 어르고 달

래어 집으로 보냈다.

그런 그에게 한동안 전화가 없었다. 전화가 잠잠해 이상하다고 생각할 무렵, 그의 지인이라며 연락이 왔다.

"기초수급자가 죽으면 장례비 지원 신청은 어떻게 합니까?"

"고경호 씨 돌아가셨어요?"

"네. 어제 병원에서 갔습니다."

잠잠함에는 이유가 있었다. 그는 나에게 마지막 전화를 한 후 병원에 입원했지만, 더는 버티지 못했다.

의안에 온몸 문신인 그와 마주치는 것조차 두렵고 싫었다. 그런 그가 죽었다. 그런데 이상하게 코끝이 찡하고 가슴이 먹먹했다. 그와 기차역 앞 식당에서 주고받았던 말과 행동들이 하나씩 떠올랐다. 그는 살고 싶었고, 관심을 받고 싶었다.

지금도 그를 생각하면 웃옷을 벗어 던지며 보였던 씰룩거리는 온몸 문신과 부라리며 쳐다보던 그의 외눈, 그리고 나를 향해 고함치던 목소리가 기억난다. 그러나 그때와 달리 지금은 두렵지 않다. 그가 이 세상에 없어서만은 아니다. 죽음 직전, 같은 눈높이에서 바라본 그는 불쌍할 만큼 어리석은 사람이었다. 그는 타인을 괴롭히고 두렵게 만드는 것이 자신의 가치와 존재감을 높인다고 생각했다. 그 외엔 다른 방법을 몰랐다. 조금만 다른 방법으로 우리에게 다가왔으면, 더 좋은 기억을 함께 나눌 수 있었을 텐데.

우리 앞에는 고경호 씨처럼 다양한 모습으로 자신의 존재를 내보이는 사람들이 있다. 고함과 욕설, 눈물과 호소, 가끔은 온몸에 난 상처와 문신으로. 그들이 보이는 모습은 다양하지만, 요구는 늘 한결같다.

"나 사는 게 너무 힘들어. 제발 나에게 관심 좀 가져 줘."

오늘도 내 앞에는 한 사람이 큰소리를 치고 있다.

"사는 게 힘들면 동주민센터 가서 상담하고 지원받으라고 텔레비전이고 신문이고 오만 데 광고하더만, 막상 오면 맨날 안 된대. 그럼 광고는 만다고 하노? 이 C!"

이분에게 필요한 건 관심일까? 돈일까?

◯

아무도 모르는

쓸쓸한 죽음,

고독사

내가 살아 있었음을, 내가 사라졌음을 아무도 알지 못한다. 나는 세상에 이름도 흔적도 없이 그렇게 사라졌다.

몇 년 전부터 사회적 문제로 많이 다루어지면서 이제는 제법 익숙해졌지만, 10여 년 전까지만 해도 우리와 상관없었던, 그래서 낯설기만 했던 단어 고독사! 고독사는 가족 친척, 이웃들도 모르게 혼자 자신의 집에서 사망한 이후 일정한 시간이 지난 뒤에 발견되는 죽음이다. 주로 혼자 사는 노인이나 취약계층에서 발생하지만, 최근에는 1인 가구의 증가로 취약계층이 아닌 사람에게도 발생할 수 있는 사회 문제로 인식되고 있다.

그래서 혼자 사는 어르신이 며칠 안 보인다거나, 옆집에서 이상한 냄새가 난다는 전화가 오면 덜컥 겁부터 난다. 며칠 안 보이는 건 대상자가 잠시 집을 비운 경우가 많지만, 사람이 며칠 안 보이면서 집에서 이상한 냄새까지 난다고 하면 고독사인 경우가 많다.

다행이라 해야 할지 몰라도 나는 실제로 고독사를 목격한 적은 없다. 경찰서에서 변사체로 발견된 시신이 기초생활보장 수급자인지 확인해 달라는 정도로만 고독사를 접했다.

그러나 같은 일을 하는 친구 한 명은 유난히 고독사를 자주 목격했다.

"나는 왜 이렇게 험한 걸 자주 보는지 몰라."

투덜투덜하지만, 나는 안다. 그녀는 누구보다 열심히 일하고, 그들에게 관심을 가지기에 고독사를 자주 접한다는 사실을. 지금부터는 친구의 경험을 빌려 세상 아무도 알아주지 않는 죽음에 관한 이야기를 전하고자 한다. 글의 편의상 화자를 나로 표현하는 것에 오해가 없기를 바란다.

촉이 좋은 건지, 아니면 그들이 내게 알리고 싶었던 건지 알 수 없지만 나는 고독사를 여러 번 발견했다. 주변 동료들은 고독사를 서류로만 접하는 경우가 훨씬 많은데 왜 나는 이렇게 험한 걸 직접 보게 될까? 이렇게 원망한 적도 있지만, 어느 순간 혹시 그들이 나를 선택한 건 아닐까 하는 생각을 하게 되었다.

사회복지 공무원으로 일을 시작한 지 얼마 되지 않아 고독사라는 말조차 알지 못했을 때의 일이다. 본격적인 무더위는 찾아오지 않은 초여름 어느 날, 민원인의 전화가 왔다.

"동사무소지요? 우리 옆집 아저씨가 며칠째 안 보이는데, 그 집에서 자꾸 이상한 냄새가 나요."

순간 사람이 며칠 안 보일 수 있고, 냄새는 어디 하수구라도 막히면 날 수도 있는 거 아닐까 하고 생각했지만, 그렇게 말할 수는 없었다.

"네. 냄새나는 집 주소 좀 말씀해 주시겠어요?"

그렇게 주소를 통해 거주자를 찾으니 우리 동 기초생활보장 수급자였던 김군분 씨 집이었다. 작년까지는 기초생활보장 수급자였지만, 근로 능력이 있으면서 소득 활동을 하지 않고, 아프다면서도 진단서는 제출하지 않아 결국 수급이 중지된 사람이었다. 수급이 중지된 이후 만난 적은 없지만, 가끔 안부를 묻는 전화를 하면 별다른 어려움이 없다는 이야기만 전했다. 단지 그는 자주 술에 취해 있었다.

인적 사항을 파악한 후 혹시나 하는 마음에 직원 한 명과 김군분 씨 집으로 향했다. 그의 집은 복도식 아파트 10층이었다. 엘리베이터 문이 열리고, 아파트 복도를 걸어가는데 그의 집 가까이 갈수록 정말 이상한 냄새가 스멀스멀 올라왔다. 하수구 냄새도 아닌, 처음 맡아 보는 역한 냄새였다. 불길한 예감이 들었다.

그의 집 앞에 도착해 현관 옆 창문을 까치발로 서서 들여다보았다. 집 안에 길게 늘어진 까만 전깃줄만 보일 뿐 다른 건 보이지 않았다. 문을 두드렸지만, 인기척이 없고 현관문은 굳게 잠겨 있었다. 결국 112, 119에 신고해 악취 나는 집의 상황을 전했다. 얼마 지나지 않아 경찰관과 소방관이 도착했다. 그들은 우리와 달랐다.

"예감이 안 좋네. 혹시 모르니 선생님은 들어오지 마시고 좀 떨어져서 계세요. 험한 건 저희가 봐야죠."

소방관이 문 앞에 서 있던 나를 가로막았다. 들여다보고 싶은 마음도 있었지만, 걱정과 두려움에 두 손을 맞잡은 채

문 뒤로 물러섰다. 소방관이 현관 잠금장치를 부수고 문을 열자 조금 전까지 역겹다고 생각한 냄새가 거대한 회오리 바람처럼 훅 하고 콧속으로 들어왔다. 처음 맡는 심한 악취에 구토가 날 것 같았다.

'아, 사망하셨구나……'

냄새만으로 충분히 예상할 수 있었다. 코를 틀어막고 다시 까치발로 창문 너머를 보는데, 좀 전에 본 까만 전깃줄은 전깃줄이 아니었다. 난생처음 보는 큰 초파리 떼가 붉은 빨랫줄에 까맣게 붙어 있다 문틈을 밀고 들어온 신선한 공기에 놀라 일제히 날아오르는 것이 아닌가! 처음 본 그 모습에 너무 놀라 뒤로 자빠질 뻔했다.

그때 안에서 경찰관과 소방관의 대화가 들렸다.

"완전 바닥에 달라붙었습니다."

"얼마나 됐겠노?"

"일주일 이상은 됐겠는데요."

김군분 씨는 초여름 무더위 속 화장실에서 쓰러져 사망했다. 그의 시신은 살아 있을 때의 모습을 전혀 찾아볼 수 없을 만큼 심하게 부패한 상태였다.

그는 알코올 중독에 괴팍한 성격으로 주변 사람들과 거

의 왕래 없이 살았다. 10여 년 전 이혼한 전처와 아이들이 인근에 살고 있었지만, 서로 어디 사는지조차 모를 정도로 왕래가 없었다. 그렇게 늘 혼자였던 그에게 술은 유일한 낙이었다. 방 안에 수두룩하게 놓인 술병이 그의 외로움을 나타냈다. 그는 술을 끼니 삼아, 친구 삼아 지내다 아무도 모르게, 누구도 지켜보지도 찾지도 않는 죽음을 맞이했다. 즉, 고독사했다. 그때는 고독사라는 단어를 알지도 못했지만, 그를 보며 홀로 죽는다는 게 어떤 것인지, 그 단어의 무게를 피부로 직접 느낄 수 있었다.

며칠 동안 역겨운 냄새와 초파리 떼의 충격이 가시지 않았다. 그러나 충격에 휩싸여 있을 수만은 없었다.

'앞으로 이런 일이 또 생기면 어떡하지? 우리가 이걸 미리 예방할 수 있나? 점쟁이도 아니고 무슨 수로 알아내지?'

여러 가지 고민으로 머릿속이 복잡했다. 방법을 찾지는 못했지만, 앞으로 우리에게 이런 일은 언제든 또 생길 수 있다는 생각이 들었다. 그리고 그 생각은 틀리지 않았다.

몇 년 후, 어렵게 살던 세 모녀가 월세를 봉투에 남기고 스스로 목숨을 끊은 사건이 발생했다. 일명 '송파 세 모녀

사건'으로, 질병을 앓고 극심한 생활고에 시달렸지만 국가 지원을 받지 못하고 죽음을 선택한 세 모녀의 안타까운 사연이었다. 이 일로 전 국민과 정부는 복지 서비스를 받지 못하는 복지 사각지대에 관한 관심을 높였다. 우리도 이런 일을 막을 방법은 없을지 고민하며 우울한 시간을 보냈다.

그때 보건복지부에서 지역 내 발견되지 않고 있는 '복지 사각지대 발굴'이라는 이름으로 가스비, 전기세 등 각종 공과금 체납자 명단을 동주민센터로 내렸다. 우리는 수천 세대의 명단을 가지고 일일이 방문하거나 전화하면서 그들의 위기 정도를 조사해야 했다.

"선생님, 동주민센터입니다. 혹시 생활하는 데 어려운 부분이 없는지 여쭤보려고 전화했습니다."

"아니, 갑자기 무슨 이런 전화를? 없습니다."

"네? 빚이 엄청 많은데 국가가 갚아 줍니까?"

대부분은 갑작스러운 전화와 방문에 당황하고, 불편해했다. 일부는 해외 장기 체류로 각종 공과금이 체납되어 있었고, 일부는 지방에 일하고 있어 체납 사실을 몰랐고, 또 일부는 그런 사실이 없다며 명단이 어디서 온 건지 항의했다. 수천 명의 명단에서 실제로 어려운 사람을 발굴하기는 쉽지 않았다.

'아, 이거 너무 삽질인데!'

이상한 사람 취급받고, 전기세 체납자까지 동주민센터에서 조사하냐고 따지는 주민들의 항의에 왠지 이 방법은 아닌 것 같다는 생각이 들었다. 얼마 뒤 정부에서는 관내 아파트 관리사무소를 돌며 관리비 체납자 명단을 받아 위기 가구를 발굴하라는 지시를 추가로 내렸다. 그러나 관리사무소에서는 개인정보라는 이유로 아무리 동주민센터 담당자라도 관리비 체납자 명단은 줄 수 없다며 맞섰다. 간혹 협조적으로 체납자 명단을 받아도 막상 전화하면 이런 전화 자체를 불쾌해하는 사람들이 더 많았다. 할 수 없이 우리는 어려운 이웃이 있으면 신고해 달라는 전단을 만들어 주변 아파트를 돌았다.

하루는 전단을 나눠 주고 나오려는데 경비원 아저씨가 불렀다.

"저, 선생님. 우리 아파트에 진짜 아무도 없이 혼자 살면서, 전기세, 물세, 가스비 하나도 안 내고, 안 쓰는 사람이 있거든요."

"예? 안 내고 안 쓴다고요? 물, 전기, 가스 다요?"

"예, 안 써요. 그래서 깡통에 불붙여 음식을 데워 먹고 촛불을 켜고 살아서, 불날까 봐 주변 사람들 걱정이 이만저만이 아니에요."

너무 비현실적이라 거짓말 같았다. 그러나 경비원 아저씨가 지나가는 공무원 세워 허튼 말 할 사람은 아니다 싶어 일단 말해 준 집을 찾아갔다. 창문으로 보이는 집 안은 낮이라 전기가 끊겼는지 알 수 없을 만큼 환했다. 별다른 이상은 없는 것같이 보였지만, 조심스럽게 현관문을 두드렸다.

"계세요?"

인기척이 들리더니 대문 가까이 누군가가 다가오는 소리가 들렸다.

"누구세요?"

대문이 열리고 누군가 고개를 내미는데, 내민 얼굴에 너무 놀라 하마터면 소리를 지를 뻔했다. 너무 깡말라 사람이라고 할 수 없을 정도의 몰골이었다. 입고 있는 옷은 수년째 빨지 않은 듯 시커멓고, 여기저기 구멍이 나 있어 한눈에 봐도 심각한 위기가구였다.

"할아버지, 혼자 계세요?"

"내야 혼자 산 지 30년이 넘었지."

"네. 식사는요?"

"뭐 먹을 게 있나. 그냥 달걀 구워 먹고 그래 살지."

"네? 저희는 동주민센터에서 왔는데, 조만간 다시 올 테니 꼭 문 열어 주세요."

너무 놀라 더는 아무 말도 하지 못하고 일단 사무실로 왔다. 직원들에게 할아버지 상태를 이야기한 후 당연히 우리가 잘 몰랐던 기초생활보장 수급자이거나 저소득 계층일 거라고 생각하며 할아버지 정보를 찾아봤다.

그런데 아니었다. 할아버지가 사는 집은 자가였다. 그것도 재개발 바람으로 시가 8억이 넘는 고가의 아파트였다. 고가의 집이 있어 기초생활보장 수급자는 될 수 없는데, 집 외에는 먹을 것도, 입을 것도, 전기도, 물도 아무것도 없는 사람이었다. 나는 급한 마음에 통합사례관리˙팀과 의논해 할아버지를 긴급사례관리 대상자로 선정한 후 옷과 음식을 사서 다시 그 집을 찾아갔다. 당장 먹을 것과 입을 것은 해결했지만, 사례관리로 계속 도와주기에는 한계가 있었다. 할아버지에게 집을 팔고 생활을 할 수 있는 방법을 이야기

˙ 지역 내 공공·민간자원을 활용하여 복합적이고 다양한 욕구를 가진 대상자에게 필요한 서비스를 통합적으로 연계, 지원하는 사업

했지만 소용없었다. 평생 혼자 살면서 모은 돈으로 처음 장만한 집이었다. 자신의 전부인 그 집을 먹고살기 힘들다는 이유로 팔 수 없다고 했다. 그러나 집이 있는 이상 할아버지를 도울 방법이 없었다. 결국 법적 지원이 되지 않아, 이웃돕기 성품이라도 들어오면 할아버지를 먼저 챙기며 가끔 들여다보는 정도로 할아버지를 돌봤다.

하루는 직원이 할아버지 집 근처를 지나는데, 할아버지 코 고는 소리가 집 밖에까지 들렸다며 할아버지 안부를 전했다. 며칠 후 나도 할아버지 아파트 쪽으로 갈 일이 있어 할아버지 집을 들렀다. 그런데 아무리 문을 두드려도 인기척이 없었다. 이상하다 싶어 창문으로 안을 들여다보니 할아버지가 싱크대 앞에 누워 계시는 게 아닌가!

'왜 싱크대 앞에서 주무시지?'

이상하다 싶었지만 깊이 주무신다고만 생각하며 고개를 돌리려는데, 순간 동그랗게 말린 손이 보였다.

'주무시면 온몸에 힘이 빠져 손이 펴져 있어야 하는데……'

불길한 예감에 문을 두드리고 소리를 질렀지만, 할아버지는 꼼짝도 하지 않았다. 또 112, 119에 전화했다. 예상대로 할아버지는 사망했다. 검시 결과 나온 사망 추정 시간은 우리가 발견한 날의 며칠 전이었다. 순간 직원이 할아버지 집 근처를 지나며 들었다는 코 고는 소리가 어쩌면 마지막 숨을 삼킨 소리는 아니었을까 하는 생각에 가슴이 철렁 내려앉았다.

할아버지는 늘 입고 있던 더럽고 구멍 난 옷이 아닌 우리가 사 준 새 옷을 입고 있었다. 그때 문득 이런 생각이 들었다. 내가 관리사무소를 방문해 경비원을 만나고, 할아버지 옷을 사 주고, 오늘 내가 지나가는 걸음에 할아버지 집 창문을 들여다본 이 모든 일이 내가 그의 마지막을 책임져야 하는 어떤 필연은 아니었을까? 답은 알 수 없지만, 할아버지의 죽음으로 막연히 두렵다고만 생각한 고독사에 대한 마음이 조금씩 달라지기 시작했다.

시간이 흘러 어느새 20년 차 사회복지 공무원이 되면서 세상 어떤 일에도 크게 휘둘리지 않고, 감정도 무뎌졌다 생각했다. 누가 와서 큰소리를 쳐도 한 귀로 듣고 한 귀로 흘리는 배짱도 생겼다.

그때쯤 우리 동에서 괴팍하기로 유명한 소용식 할아버지를 알게 되었다. 세상 모든 것이 불만이라며 머리를 빡빡

민 채 투쟁하듯 살았던 할아버지는, 무슨 일로 연락하든 비꼬며 화부터 냈다.

"할아버지! 동주민센턴데요, 내일 찾아봬도 될까요?"

"나를 와 찾아오는데? 뭐 조사하려고? 됐다 마! 다 귀찮으니 제발 전화도 하지 말고 오지도 마라."

"할아버지! 추석이라 쌀이 성품으로 들어왔는데 가져다드릴까요?"

"필요 없다. 나는 줄 것도 받을 것도 없는 사람이니 신경 쓰지 마라!"

자연스럽게 동주민센터 직원들은 할아버지에 관한 관심이 줄었고, 가끔 옆집을 통해 잘 지내시는지 정도의 안부만 확인했다. 나 역시도 싫다는 분에게 크게 애쓰고 싶지 않았다.

차가운 바람이 살짝 부는 어느 날, 동주민센터에 전화 한 통이 걸려 왔다.

"선생님! 옆집 할아버지 집에 도시락이 이틀째 걸려 있는데요. 복지관에서 도시락 배달 오면 매일 가지고 들어가시는데, 이틀째 걸려 있는 게 좀 이상해서요."

순간 느낌이 싸했다. 직원과 함께 할아버지 집을 향해 가는데, 집 근처까지 가도 이상한 냄새는 전혀 나지 않았다.

'돌아가신 건 아닌 것 같은데…….'

소용식 할아버지 아파트는 현관 쪽에 창문이 없어 집 안을 볼 수가 없었다. 할 수 없이 문을 세게 두드리고 벨을 눌렀지만, 인기척 하나 들리지 않았다. 그런데 할아버지 핸드폰으로 전화하니 집 안에서 핸드폰 벨이 울리기 시작했다. 예감이 좋지 않았다.

일단 112, 119에 전화하고 기다렸다. 그냥 기다리면 되는데, 이상하게 현관 잠금장치가 눈에 들어왔다. 혹시나 하는 마음에 할아버지 생년월일을 눌렀다.

뚜! 뚜! 뚜! 뚜! 띠리링!

세상에! 문이 열렸다. 일단 뭐라도 해 보자 싶어 비밀번호를 누른 건데, 진짜 문이 열려 너무 놀랐다.

"할아버지! 할아버지 계세요?"

집 안으로 발을 들여놓는 순간, 뒤에 따라 들어올 직원을 향해 소리쳤다.

"들어오지 마라!"

나는 혼자 뛰어 들어가 할아버지 몸을 옷으로 감쌌다.

할아버지는 벌거벗은 채 거실 탁자에 기도하는 자세로

앉아 숨져 있었다. 왜, 어떻게 그런 자세로 돌아가셨는지는 알 수 없었다. 마지막 순간 어떤 고통을 견딘 건지, 아니면 죽기 전 간절한 바람이 있었던 건지…….

화장실 입구에 벗어 놓은 옷가지가 있는 것으로 봐서는 몸을 씻고 나온 것 같았다.

조금 뒤 경찰관과 소방관이 도착했다.

"선생님! 조금만 기다리시지! 괜히 들어와서 못 볼 걸 보셨네요."

"아닙니다. 할아버지 잘 부탁드립니다."

할아버지를 부탁하고 나오는데 괴팍하고 미웠던 할아버지의 그 간절함이 무엇이었을까 생각하니 가슴 한쪽이 아려왔다. 할아버지의 사망 추정일은 도시락을 들고 가지 않은 딱 이틀 전이었다. 이웃집의 신고가 아니었다면 수일을, 아니 수개월 동안 그렇게 불편한 자세로 앉아 계셨을지 모른다. 생각이 거기까지 미치자 전화해 준 이웃의 관심이 더없이 고마웠다.

그렇게 누군가는 소리 없이 사라져 가고, 누군가는 그런 그들을 발견한다.

얼마 전 보건복지부에서는 1인 가구 5명 중 1명이 고독사 위험군이라는 실태조사를 바탕으로 '제1차 고독사 예방 기본계획'(2023~2027년)을 발표했다. 기본계획은 세대별 맞춤형 서비스를 통해 고독사 위험을 줄이겠다며 청년층에게는 정서·취업 지원을, 중장년층에는 건강관리·안전·가사·재취업·사회관계 관련 서비스를, 노인층에는 의료·건강관리·돌봄 서비스를 강화하겠다고 하였다. 그러나 이들을 직접 대면하는 복지 최전선에 있는 우리는 이런 계획들이 과연 실효성이 있을지 의문이다.

가가호호 방문하여 안부를 확인하는 아날로그 방식부터 대상자의 움직임을 감지하여 연계하는 첨단 디지털 기술 활용까지 모든 수단과 방법을 동원해 고독사를 막아 보려 하지만, 아직은 이렇다 할 예방법을 찾지 못하고 있다. 어쩌면 핵개인화되어 가는 시대의 분위기 속에 그 방법을 영원히 찾지 못할지도 모른다.

아무도 알아주지 않는 쓸쓸한 죽음 고독사!

단지 바람이 있다면 그들의 죽음이 더 외로워지고 오래되지 않도록 이웃이, 지인이, 가족들이 빨리 발견해 주기만 바랄 뿐이다.

2부

낯선 발걸음의 시작

○

첫
만
남

한 번도 가 보지 않은 낯선 길에서 생각하지도 못한 나의 미래를 만났다. 지나고 보니 세상에 아무것도 아닌 경험은 없었다. 그 길에서 무엇을 배울지는 오로지 나의 선택이었다.

몸이 추운 건지, 가슴이 시린 건지 알 수 없는 추운 겨울이 지나고 따스한 봄이 되었지만 나는 그 봄을 온전히 느끼지 못했다. 불안, 우울, 부끄러움이라는 부정적 감정들이 내 머릿속을 가득 채웠고, 그저 아무도 알지 못하는 곳으로 사라지고 싶었다. 누구도 만나고 싶지 않았다. 스물두 살, 대학교 3학년 때 나는 부정적인 감정들에 휩싸여 인생에 대한 가장 많은 질문을 던지며 하루하루를 견뎠다.

난 무슨 일을 할 수 있을까? 난 뭘 위해 살아가는 걸까?

지금 내게 남아 있는 건 뭘까? 왜 사는 거지? 나는 누구지?

질풍노도의 중고등학교 시절에도 부모님과 선생님 말씀을 잘 듣는, 누구보다 모범생인 나였다. 오락실, 만화방은 근처에도 가지 않았고, 19금을 아슬아슬하게 넘나드는 이야기로 당시 많은 여고생의 호기심을 자극했던 하이틴로맨스라는 외설에는 손도 대지 않았다. 나에게 사춘기란 그 시기에만 느끼는 소중하고 예민한 감정을 친구들과 손편지로 주고받으며 울고 웃던 것이 전부였다. 그런데 스물두 살에 찾아온 사춘기는 달랐다. 단순히 현실에 대한 불만, 도피의 차원이 아니라 인생에 대한 묵직하고 질퍽한 질문 속에 파묻혀 괴로워했다. 창 너머 웃으며 지나가는 사람들을 보면서 그들은 삶의 이 무거운 숙제를 다 풀었는지 궁금했다.

고등학교 때 친구가 좋아한 화학 선생님을 따라 좋아했다. 선생님을 좋아하니 화학 성적이 좋았고, 화학 성적이 좋으니 화학에 탁월한 재능이 있는 줄 알고 아무 의심 없이 대학은 화학과로 진학했다. 화학을 왜 하고 싶은지, 화학을 배워서 뭘 할 수 있는지에 대한 구체적인 꿈도 계획도 없었다. 그렇게 진학한 대학은 스무 살에 가질 수 있는 대학생이라는 타이틀, 인생의 액세서리에 불과했다. 학과에서 배우는 것들에 대해 재미도 꿈도 희망도, 아무 생각도 없었다. 시간이 흘러 대학교 3학년 겨울이 되자 갑자기 삶이 아득하게 느껴졌다. 온 가족의 축하와 기대를 한 몸에 받고 들어온 대학에서 내가 한 일이라곤 기타 치고 밤새 술 마시며 사랑과 우정을 이야기한 것이 전부였다. 그 소중한 시간을 허무하게 보냈다는 사실에 자책하며 부끄러움과 동시에 미래에 대한 불안과 위기감이 몰려왔다.

현실을 직시한 이후부터 기타를 치는 것도, 친구와 수다를 떨며 까르르 웃는 것도, 교정을 거닐며 오가는 사람들과 반갑게 인사하는 것도 재미없고 의미 없게 느껴졌다. 잠시 모든 상황에서 벗어나 인생을 정리해 보고 싶다는 생각이 들었다. 내가 뭘 하고 싶은지, 뭘 할 수 있는 사람인지 찾고 싶었다.

당시는 군 입대 외에는 휴학하는 사람이 많지 않았다. 특히 여학생의 경우는 초중고처럼 대학도 친구들과 함께 입학하여 동기들과 한날한시에 졸업하는 것이 당연한 분위기였다. 그런데 여학생인 내가 휴학하겠다고 하니, 부모님은 물론 친구들까지도 인생이 1년 늦어진다며 걱정하고 말렸다. 난 그들에게 간절히 나를 찾기 위한 시간, 내가 누군지, 내가 하고 싶은 일이 무엇인지를 찾는 시간이 필요하다 설득했지만, 사실 솔직한 심정은 현실 도피였다. 그냥 어영부영 졸업하고 싶지 않았고, 그렇게 졸업하고 마주할 미래가 두려웠다.

그렇게 스물세 살이 되던 해 휴학했다. 휴학하고 처음 두 달은 특별한 목표도 의욕도 없이 그저 방 안에서 책과 신문만 보며 빈둥거렸다. 철저히 외부와 단절한 채 아무와도 연락하지 않았다.

어느 날, 할 일 없이 신문을 뒤적거리다 '○○복지관 방과 후 아동 지원 자원봉사자 모집'이라는 광고가 눈에 들어왔다.

'자원봉사? 자원봉사도 신문 광고를 하는구나!'

자원봉사는 사람과 사회에 대한 무한한 애정과 사명감이 있는 사람, 착한 사람들만 하는 일이라는 생각 외에 아무것도 몰랐던 나는 자원봉사자 모집 광고가 신기하고 신선했다. 나와 상관없는 일이라 생각하며 슬쩍 넘기려는데 순간 의문이 생겼다.

　'자원봉사는 월급도 없이 내 시간과 에너지를 쓰는데 왜 하지? 뭐 좋은 게 있나? 이걸 하면 세상이 좀 달라 보일까? 선한 일을 하는 사람들은 인생이 잘 풀릴까?'

　이런저런 생각과 함께 괜한 호기심이 발동했다. 집에서 빈둥거리는 대신 봉사활동이라도 하면 인생이 좀 바뀌지 않을까 하는 생각에 전화기를 들었다.

　"네. ○○ 복지관 이수정입니다."

　'복지관? 복지회관? 마을회관 같은 곳인가?'

　복지관이라는 낯선 단어에 새마을 깃발과 태극기가 양쪽에 걸려 있는 회색 콘크리트 벽의 마을회관 같은 장소를 떠올렸다.

　"안녕하세요. 신문에 있는 자원봉사자 모집 공고를 보고 전화했는데요."

　"네. 내일 2시에 복지관으로 오시겠어요?"

"네? 그냥 가면 되나요?"

"네. 자세한 건 오셔서 이야기해요."

아무것도 묻지 않고 그냥 오라고 하는 말에 살짝 두려웠지만, 뭐라도 경험해 보자는 마음에 낯선 이름의 복지관을 찾아갔다. 두 달 동안 집 안에만 있다 오랜만에 씻고 옷을 챙겨 입으니 거울 속의 내가 낯설었다. 늘 걸었던 골목길도, 버스 속 차창 풍경도, 버스 창문에 비친 내 모습도 어색했다.

'너 누구니? 왜 그렇게 있니?'

두 달 동안 아무것도 하지 않은 내게 질문했다.

'이제 뭐라도 좀 해 보자! 알겠지?'

순간 창문에 비친 나보다 이런 결심을 하는 내가 더 낯설게 느껴졌다.

한참을 걸려 도착한 복지관은 전화할 때 상상한 마을회관이 아니었다. 크고 깨끗한 외벽, 입구에 놓여 있는 알록달록한 홍보물, 웃으며 인사하는 사람들의 경쾌하고 발 빠른 움직임. 모든 것이 나를 살짝 들뜨게 했다.

'여기는 뭐지? 사람들이 왜 이렇게 밝지?'

새로운 세상에 들어온 듯 어색하게 기웃거리자 함박웃음

을 지으며 누군가와 이야기를 나누던 직원이 다가왔다.

"어떻게 오셨어요?"

"네, 자원봉사자 모집 광고 보고 왔습니다."

"아, 어제 전화한 분이네요. 들어오세요. 저는 아동복지를 담당하는 사회복지사 이수정입니다."

'사회복지사? 자원봉사자는 아닌 것 같은데 뭐지? 자원봉사자랑 비슷한 일을 하는 사람인가?'

지금은 사회복지학과가 많고, 사회복지사라는 직업을 모르는 사람이 없지만, 90년대 초, 특히 이과를 전공한 내게는 무척 낯선 단어였다.

"혹시 자원봉사 활동이나 저희 같은 복지관 프로그램에 참여해 보신 적 있으세요?"

"아, 아니요."

"그럼 아동이나 심리상담 관련 일이나 공부를 해 본 적은 있으세요?"

"아니요."

"음……. 저희가 모집하는 봉사활동은 이 동네 취약계층 아이들을 대상으로 방과 후에 숙제도 돕고 공부도 가르치면서 돌봐야 하는 일인데 하실 수 있겠어요?"

"과외를 3년 이상 해 오고 있어서 공부 가르치는 건 잘할 수 있어요."

"그럼 아이들을 가르치는 건 어렵지 않겠네요. 일단 저희가 지금 사람이 급하고, 일이 어렵지 않으니 한번 해 보시겠어요? 자원봉사지만 봉사 시간이 하루 4시간으로 길고, 매일 하는 일이라 월 20만 원의 실비는 드립니다."

'자원봉사 활동인데 돈도 준다고?'

자원봉사라는 새로운 일을 경험해 보려고 온 건데, 돈도 준다니 더 고민할 게 없었다.

"네. 열심히 해 보겠습니다."

그때 나는 처음으로 사회복지, 자원봉사, 사회복지사라는 단어들과 인연을 맺게 되었다.

방과 후 아동 지도는 일상이 무의미했던 내게 찾아온 새로운 경험이 되었다. 매일 12시에 출근해 학교를 마치고 오는 초등 1학년에서 3학년까지의 아이들 9명을 맞았다. 학교 알림장을 일일이 확인한 후 숙제를 챙겨 주고 복지관 간식을 먹인 후, 미리 계획한 미술, 음악, 체육 등 다양한 활동을 함께했다. 처음 해 보는 일인데 낯설지 않았고, 아이들과 춤추고 노래 부르며 그림을 그리는 시간이 즐겁고 설레기까지 했다. 그렇게 한 달, 두 달, 석 달이 지나갔고, 잠시 경험하려고 시작한 봉사활동이 일처럼 자리 잡기 시작했다. 그리고 어느새 나의 하루는 아이들과의 가슴 벅찬 추억으로 차곡차곡 채워지고 있었다.

"선생님, 오늘은 엄마가 많이 늦는대요."

"그럼 오늘 복지관 수업 마치면 집에 혼자 있어?"

"네. 그냥 집에서 혼자 텔레비전 봐야겠죠."

"저녁은?"

"엄마 올 때까지 기다려야죠."

초등학교 2학년인 기훈이가 다가와 이야기했다. 엄마 없는 컴컴한 집에 혼자 들어가 배고픔을 참으며 TV를 보고 있을 기훈이를 생각하니 마음이 좋지 않았다.

"그럼 복지관 마치고 선생님하고 놀까?"

"진짜요?"

"응."

"친구들한테는 쉿! 비밀이다. 다 집에 안 간다고 하면 곤란하니깐."

"네, 쉿!"

밝은 표정이 된 기훈이는 그날 모든 활동에 신나게 참여했다. 방과 후 활동을 마치고 아이들이 다 돌아간 후 기훈이와 붕어빵을 하나씩 입에 물고, 인근 아파트 놀이터로 향했다. 7시가 넘도록 기훈이와 놀이터에 있는 놀이기구를 하나씩 타면서 놀았다. 그네를 밀어 주고 미끄럼틀 타는 걸보면서 잘 탄다고 박수 몇 번 쳐 줬을 뿐인데, 기훈이는 놀이동산에라도 온 아이처럼 즐거워했다.

기훈이는 어머니와 둘이 살았다. 어머니가 일을 마치고올 때까지 늘 복지관에 있었고, 오늘같이 어머니가 늦게 오는 날이면 혼자 집과 놀이터를 오가며 지냈다. 그런 기훈이를 생각하자 해맑게 웃는 웃음이 아프게 느껴졌다.

한참을 놀던 기훈이가 멀리서 걸어오는 긴 그림자를 보자 놀던 것을 멈추고, 소리를 지르며 달려갔다.

"엄마!"

기훈이 어머니였다. 두 사람은 서로가 그리워한 시간만큼 애틋하고 뜨겁게 포옹을 나눴다. 그리고 해가 넘어간어둑한 골목길을 두 손을 꼭 맞잡고 걸었다. 신나는 발걸음으로 걸어가던 기훈이가 갑자기 뒤를 돌아보더니 손을 흔들었다. 어머니도 가벼운 눈인사를 건넸다. 어머니가 보이자 뒤도 안 돌아보고 뛰어간 아이였지만, 하나도 섭섭하지 않았다. 멀리 걸어가는 그들의 뒷모습에서 안도감과 동시에 왠지 모를 힘든 삶의 무게가 느껴져 한참을 서서 바라보았다.

어느덧 10개월이 지났다. 지금까지 살아온 삶과 전혀 다른 삶이었다. 늘 나, 가족, 친구 등 나의 주변 사람들만 바라보며 살다가 처음으로 타인을 바라본 경험이었다. 그렇게 생활하다 보니 1년이라는 시간이 쏜살같이 지나가 버렸다. 그리고 다시 그 어두운 터널 속, 대학으로 복학해야 했다.

휴학 기간 동안 사회복지라는 학문과 사회복지사라는 직업을 알게 되었다. 사람과 더불어 살기 위한 학문, 사람들이 더 나은 삶을 살 수 있도록 돕는 직업이라니. 10개월의 짧은 경험이었지만, 사회복지사라는 직업에 강한 끌림을 느꼈다. 그러나 3년 동안 몸담은 전공이 있는데 그것을 포기하고 다른 학문을 배워 새로운 직업을 꿈꾼다는 건 늦어도 한참 늦었다는 생각이 들었다. 그저 좋은 직업이 있다는 것을 알고, 그것을 경험했다는 사실에 만족했다.

그러나 돌이켜 생각해 보니 뼛속까지 이과생이었던 내가 쉬어 가는 걸음에 잠시 머무른 그곳에서 나의 미래를 만났다. 그렇게 난 사회복지사에 한 걸음 다가갔다.

차가운 바람으로 다가온 기적

뺨을 스치는 바람에도 기적을 느낄 수 있었다. 기적은 내가 만드는 것이었다.

복학하고 다시 돌아온 교정은 무척이나 낯설었다. 친했던 동기들은 졸업했고, 아직 교정에 남은 남자 동기들은 어린 후배들과 어울리느라 복학한 나에게는 관심이 없었다. 학교생활은 예전처럼 즐겁지 않고, 처음부터 큰 꿈으로 공부한 대학 생활이 아니었기에 1년 남은 졸업이 두렵고 암울하게 느껴졌다. 혼자 쓸쓸하게 학교를 오가며 수업 듣는 것 외에는 하루하루 뭘 해야 할지, 일주일은 어떻게 보내고, 한 달은 뭘 하며, 1년은 어떻게 살아 내야 할지 몰라 머릿속이 복잡했다. 외롭고 우울했다.

예전에는 저 멀리 교정을 지나가는 친구나 선배가 보이면 목이 터질 듯 부르며 뛰어갔던 나인데, 지금은 누군가를 만날까 두려웠다. 아무도 나를 몰랐으면 좋겠다는 생각으로 고개를 숙인 채 애꿎은 발걸음 수만 세며 길을 걸었다.

'미래도 꿈도 없고, 무엇을 위해 살아야 할지도 모르는 내가 부끄럽다. 부끄럽다. 부끄럽다.'

오로지 부끄러움이라는 감정이 나를 지배했고, 또다시 세상과 담을 쌓기 시작했다. 부끄러움, 외로움, 존재에 대한 부정, 삶의 의미를 잃은 부정적인 감정만 끌어안은 채…….

의미 없는 대학교 4학년을 보낸 후, 대한민국 최악의 경제 위기였던 IMF 외환위기와 함께 졸업했다. 그리고 난 예상대로 취업하지 못했다. 솔직히 IMF 경제위기는 불안한 내 삶에 작은 위안이 되었다. 그 누구도 내게 취업 여부를 묻지 않았으니까. 그러나 언제까지나 이렇게 지낼 수는 없었다.

'뭐라도 해야 하는데 뭘 하지? 처음부터 다시 생각해 보자. 주변을 신경 쓰지 말고, 상황에 순응하지도 말고 오로지 내가 좋아하는 것, 잘할 수 있는 것을 찾아보자.'

나는 노트를 펴고, 떠오르는 모든 것들을 글로 적어 나가기 시작했다.

나는 사람을 좋아한다.

나는 사람과 어울리며 말하는 것을 좋아한다.

나는 사람들과 함께 하는 일을 좋아한다.

내가 지금까지 한 일 중 가장 재미있었던 일은 자원봉사였다.

그러나 자원봉사는 직업이 될 수 없다.

자원봉사를 기획 관리하는 직업은 사회복지사다.

사회복지사는 많은 사람과 어울리며 함께 일한다.

사회복지사가 되려면 사회복지학을 전공해야 한다.

사회복지학을 전공하려면…….

생각을 적어 나가다 보니 모든 것이 한 점으로 모이는 느낌이었다.

사회복지사! 나는 사회복지사가 되고 싶었다. 지금은 다양한 방법으로 사회복지사 자격증을 취득할 수 있지만, 당시는 사회복지학과를 졸업해야 했다. 그러나 대학교 4년과 휴학 1년, 5년의 세월을 보내 버린 지금, 나이와 부모님의 기대, 집안의 경제 상황 등을 떠올리니 도저히 다시 공부할 용기가 생기지 않았다. 그렇다고 간신히 하고 싶은 일을 찾았는데, 그 꿈을 포기하고 싶지도 않았다. 그래서 아무에게도 말하지 않고 조심스럽게 사회복지 대학원 진학을 준비했다.

11월, 드디어 대학원 입학시험 원서 접수일이 되었다. 오전에 원서를 넣고 도서관을 갈 생각으로 일찍 일어나 물 한 모금 마시기 위해 부엌으로 갔다. 그런데 아침을 준비하고 있어야 할 어머니가 부엌 바닥에 누워 계신 게 아닌가.

"엄마! 왜 방에서 안 자고 부엌에 누워 있어?"

이상하게 생각하며 어머니를 흔들었는데, 가만히 누워 있던 어머니의 몸이 힘없이 축 늘어지더니 더는 움직이지 않았다.

"엄마! 엄마!"

큰 소리로 부르며 계속 몸을 흔들었지만, 늘어진 몸은 힘없이 흔들릴 뿐 아무 대답이 없었다. 머리가 하얘지면서 아무 생각이 나지 않았다. 급하게 아버지에게 전화했고, 달려온 아버지는 어머니를 등에 업고 정신없이 병원으로 뛰어갔다.

"동생 챙기고 꼼짝 말고 집에 있어라."

이 한마디만 남긴 채. 이른 아침 눈앞에서 벌어진 일을 정확히 판단하기까지 한참의 시간이 걸렸다. 내가 어떤 모습으로 있어도 아무 말 없이 옆에서 믿고 기다리며 따뜻한 세끼 밥을 챙겨 주던 나의 어머니가 쓰러졌다. 그리고 깨어나지 못할지도 모른다. 상황이 제대로 파악되자 눈물이 나기 시작했다. 폭풍이 휘몰고 지나간 적막한 집에서 미친 사람처럼 엉엉 소리 내어 울었다. 그날이 대학원 원서 접수날이라는 사실조차 까맣게 잊은 채.

오후 세 시가 되어서야 아버지에게 전화가 왔다.

"엄마 지금 수술 들어갔는데, 결과가 어떻게 될지 모르니 당분간은 동생 좀 챙기면서 집 잘 보고 있어라."

아버지의 목소리는 어느 때보다 묵직했다. 그리고 떨렸다.

전화를 끊은 후 갑자기 뭐라도 해야겠다는 생각에 방과 부엌을 청소하기 시작했다. 스무 살이 한참 지났지만, 공부한다는 핑계로 집안일을 제대로 해 본 적이 없었다. 그러나 서툴고, 못한다고 넋 놓고 있을 상황이 아니었다. 왠지 동생을 챙기며 집안을 잘 돌보고 있어야 어머니가 빨리 깨어나 웃으며 돌아올 수 있을 것 같았다.

저녁이 지나 아버지에게 다시 전화가 왔다.

"엄마 수술은 잘 끝났는데 지금은 의식이 없어서 중환자실에 있다. 그리고……."

아버지는 한참 뜸을 들인 후 말을 이어 나갔다.

"엄마 뇌혈관이 막혀서 뇌세포 80%가 죽었단다. 깨어나도 정상적인 생활이 어렵대."

그때는 뇌세포가 80% 죽었다는 게, 정상적인 생활이 어렵다는 게 정확히 어떤 상태인 건지 이해하지 못했다. 그냥 어머니가 살아 있다는 사실에 마음이 놓였고 조금만 참고 기다리면 다시 예전과 같은 일상으로 돌아갈 거라 믿었다. 아침 일찍 일어나 동생을 챙겨 학교에 보내고, 수시로 걸려 오는 친척들 전화에 상황을 설명하면서 어머니가 해 오던 일들을 하나씩 해 나갔다.

며칠 후, 어머니가 눈을 떴다는 연락이 왔다. 보고 싶었고, 어머니가 없지만 잘하고 있다며 자랑스럽게 말하고 싶어 한걸음에 병원으로 달려갔다. 그러나 중환자실 문을 열고 들어가 만난 어머니는 예전의 어머니가 아니었다. 항상 나를 바라보며 웃던 반짝이는 반달눈은 초점을 잃었고, 굳게 다문 입은 열리지 않았다.

"엄마, 괜찮아? 내가 누군지 알겠어?"

손을 잡고 얼굴을 비비자, 눈을 마주치지 못하던 어머니 눈에서 따뜻한 눈물이 주르륵 흘러내렸다.

'알아보는구나.'

사랑하는 딸을 알아보지만 눈을 마주치지도, 이름을 부르지도 못하고 눈물만 흘리는 어머니를 보고 있으니 심장이 찢어질 듯 아팠다. 어머니는 눈뿐만 아니라 팔과 다리도 어머니의 의지로 움직일 수 없었다. 눈만 뜨면 부엌에서 우리를 위해 맛있는 밥을 하던 어머니, 학교 마치고 오면 웃으며 반긴 후 밥 먹었냐를 가장 먼저 물어보던 어머니는 이제 없었다.

어머니는 두세 달 동안 병원에서 재활 치료를 받은 후 집으로 돌아왔다. 그러나 축 처진 오른팔과 움직이지 않는 오른 다리는 이제 어머니 혼자서는 어떤 일도 할 수 없음을 확인시켜 주었다.

그렇게 그해 겨울은 끝이 나고 있었다. 정신을 차려 보니 대학원을 준비하던 나의 꿈도 끝이 나 있었다. 그 겨울은 엄마의 청춘과 다시 찾은 내 꿈이 산산이 조각난, 인생에서 가장 시린 겨울이었다.

그 시린 겨울을 온몸으로 맞으며 지내던 어느 날, 생계형으로 하던 과외를 마치고 집으로 향했다. 길모퉁이에서 불어오는 차가운 겨울바람이 뼛속까지 스며들었다. 아무 희망도, 아무 생각도 없이 터덜터덜 걸어가는데, 저 앞 큰길에 집으로 가는 버스가 보였다.

'아…… 놓치겠네. 뛸까? 뛴다고 타겠어? 그냥 다음 버스 타자.'

아무 의욕 없이 그냥 걸으려는 순간, 세찬 바람이 내 얼굴을 때리며 말했다.

'뭐 해! 뛰어!'

갑자기 어깨에 걸친 가방끈을 부여잡고 무작정 뛰었다. 오로지 버스를 타야겠다는 마음만으로 바람을 헤치며 뛰자 차갑게 느껴지던 바람이 따스하게 내 몸을 감쌌다.

'바람이 나를 응원하는구나.'

미친 듯이 뛰어 떠나기 직전의 버스에 간신히 올라탔다. 오랜만에 뛴 탓에 굳었던 내 심장은 터질 듯이 쿵쾅거렸다. 헉헉대며 천천히 버스에 오르는데, 버스 안은 따스하고, 편안했다. 의자에 앉아 있는 몇몇 사람이 나를 보며 미소 지었다.

'나를 보고 있었구나. 나를 응원했구나.'

갑자기 뿌듯한 감정이 솟아올랐다. 그 순간 머릿속을 스치는 것이 있었다.

'맞다. 내일이 사회복지학과 편입시험 접수 마감일이구나.'

얼마 전 신문에서 대학 편입시험 공고를 눈여겨본 적이 있었다. 그러나 지금은 때가 아니라는 생각에 그냥 넘기며 생각하지 않으려고, 아니 잊으려고 했다. 그런데 심장이 터질 것 같은 이 순간에 그 공고문이 선명하게 떠올랐다. 도전해 보고 싶었다. 기회를 잡고 싶었다.

다음 날 아침 아무에게도 말하지 않고, 필요한 서류를 준비해 편입시험 접수 마감 1시간 전에 원서를 넣었다. 얼마 남지 않은 기간 동안 손 놓았던 공부를 다시 했지만, 여러 가지 일과 부족한 공부 탓에 결과는 불합격이었다. 쓸쓸했

으나 당연한 결과라 생각했고 후회는 없었다. 그러나 가슴은 아팠다. 작은 별빛 하나 비춰 주지 않는 깜깜한 내 미래가 불쌍해 눈물이 났다.

그렇게 며칠이 지나 일상에 적응해 갈 때쯤 한 통의 전화가 왔다.

"○○대학교 사회복지학과입니다. 신아현 씨 맞으시죠? 이번 편입시험에서 예비 후보 1번이었는데, 한 분이 등록을 안 하신다네요. 등록하시겠어요?"

"예? 그럼 저 합격이에요?"

"네. 합격입니다."

"진짜 제가 합격이에요?"

"네, 오늘까지 등록하시면 됩니다. 축하합니다."

차가운 바람이 내 뺨을 때린 그날, 버스를 타기 위해 미친 듯이 달린 그날이 불현듯 떠올랐다.

'기적이다. 그 모든 것들이 기적이었어!'

내겐 없을 것 같았던 기적, 운명 같은 기회는 차가운 겨울바람과 함께 내게 찾아왔다.

누군가 내게 인생에 가장 의미 있는 날이 언제인지 묻는 다면, 나는 1초의 망설임도 없이 집으로 가는 버스를 뛰어서 탄 그날이라고 말할 수 있다.

뺨을 스치는 차가운 바람에도 기적을 느낄 수 있었던 날!

기적은 내가 느끼고 만든다는 걸 깨달은 날이었다.

○

돌고 돌아 찾은 길은 소중하다. 방황하고 고민한 시간이 더해져 그 소중함은 배가 된다.

사회복지학과로 편입해 다시 3학년의 대학생이 되었다. 어디에도 소속되지 않은 일반인, 취업 준비생이 아닌 대학생이라는 신분은 왠지 모를 안도감과 편안함을 주었다. 스무 살의 대학생처럼 교정의 풋풋함은 느낄 수 없었지만, 인생을 다시 출발선에 세운 것 같은 설렘이 있었다.

첫 수업일, 떨리는 마음으로 학교 교정을 들어섰다. 깔깔거리며 웃는 청춘들의 웃음소리, 팔짱을 끼고 나란히 걸어가는 연인들의 뒷모습, 책을 팔에 끼고 천천히 걸어가는 젊은 사색가를 보면서 지금 이 자리에 내가 있다는 사실이 행복했다. 큰 교정을 한참 걸어 낯선 사회관 건물로 들어갔다. 어색하지만 어색하지 않은 듯 조심스레 계단을 올라 첫 수업을 들을 강의실 문 앞에 섰다. 잠시 숨을 가다듬은 후 살며시 문을 열자 와자지껄 떠들썩한 강의실의 따스한 공기가 얼굴을 스쳤다. 긴 방학 이야기를 나누는 어린 학생들의 활기찬 모습에 저절로 입가에 미소가 번졌다. 그러나 정작 그 속에 발을 내딛기는 쉽지 않았다. 다시 한숨을 크게 들이켜고, 마음을 진정시키며 조용히 강의실 안으로 걸어 들어갔다. 그리고 혼자 있어도 전혀 어색하지 않을 것 같은 제일 앞자리에 앉았다.

'괜찮다. 곧 적응할 거야.'

어색함을 누르며 조금 앉아 있으니, 나이 지긋한 교수님이 들어오셨다.

"다들 방학 잘 보냈지? 오랜만에 만났으니 출석 한번 불러 볼까?"

예전에도 출석이라는 단어가 이렇게 긴장과 설렘을 줬던

가? 침을 꼴깍 삼키며 귀를 쫑긋 세웠다.

"강미정, 김민준, 남성희, 박상미."

'아! 이게 뭐라고 이렇게 떨리지……. 어떻게 대답하지? 씩씩하게? 조용하게?'

머릿속에 이런저런 잡념이 오갔다.

"최윤석, 허미선."

히읗 성까지 불렸지만 기다리는 내 이름은 나오지 않았다. 아직 편입생 명단은 정리가 되지 않았나 생각할 때쯤 이름이 불렸다.

"김영희, 신아현."

'편입생은 학번이 맨 뒤에 있구나.'

당연한 사실인데도 제일 끝, 동떨어진 이름의 편입생인 내가 낯선 이방인처럼 느껴졌다. 시작은 늦었지만 끝은 같으리라 생각하며, 축 처진 입꼬리를 의식적으로 올리며 웃었다.

사회복지학과의 첫 수업은 인간과 사회환경에 대한 이해였다. 눈에 보이지 않는 원자와 전자의 관계를 외우던 화학과 달리 일상에서 내가 고민하고 생각하는, 사람과 사회를 공부하는 수업은 신선하고 흥미로웠다.

'딱 내 스타일이다.'

대학 신입생 때와 같은 환영회나 동기 간의 인사 없이 바로 3학년 생활이 시작되었다. 섭섭하기보다 오히려 사람들 눈에 띄지 않고, 내가 하고 싶은 공부와 일상을 마음 편히 할 수 있어 좋았다. 첫 수업 때 앉은 제일 앞자리는 항상 내 자리였다. 다른 사람과 주변이 전혀 신경 쓰이지 않고 오로지 교수님만 바라보며 수업할 수 있는 그 자리가 혼자인 나에겐 딱이었다.

그렇게 시간이 흘러 드디어 첫 중간고사가 다가왔다. 다시 시작한 대학 생활은 다 좋았지만, 시험은 여전히 힘들고 싫었다. 그래도 어렵게 시작한 공부였기에 장학금은 받아야 했고 성적은 부끄럽지 않아야 했다. 책을 쭉 읽으며 예상되는 문제를 뽑은 후, 군더더기 없이 깔끔하게 정리한 답변을 한두 줄로 간단히 노트에 정리했다. 과거에 심리학, 철학 같은 교양 과목을 공부한 적은 있지만 감을 잃은 지 오래였고, 이과생의 공부 습관만 남아 있었다.

첫 시험일! 떨리는 마음으로 시험지를 받은 후, 예상한 문제들이 나온 것을 보고 신나게 답을 적었다. 문제마다 아주 중요한 핵심 키워드를 넣어 한두 문장으로 간략하고 정확하게! 그렇게 빠른 속도로 만족스러운 답안지 작성을 끝내고 앉아 있는데, 시험장 분위기가 이상했다. 옆에 앉은 학생들이 무언가를 쉬지 않고 쓰고 있는 게 아닌가.

다다다다다다.

연필 끝이 시험지 너머 책상에 닿는 소리가 끝도 없이 들렸고, 다들 아픈 팔을 흔들어 가며 열심히만 적고 있었다. 모두 어딘가에 홀린 듯 끝도 없이 써 내려가는 것을 보면서 도대체 뭘 그렇게 적는지 궁금했지만, 난 내 답을 확신했기에 시험 종료까지 한참을 기다려 당당히 시험지를 내고 나왔다.

다음 날, 교수님이 나를 불렀다. 나이 들어 공부하는 학생을 격려해 주시려나 하는 기대를 살짝 하며 교수님을 찾아갔다.

"신아현 학생, 편입하고 첫 시험 친다고 힘들었지?"

"네."

예상대로 교수님은 내가 힘들게 공부한 걸 아셨다.

"음, 자네 전에 이과생이었다고 했나?"

"네."

"그렇구나. 그런데 여긴 문과야. 답안지를 이렇게 텅텅 비워서 내면 안 되지. 내가 보니 공부를 안 한 것 같진 않고, 이과생이라 문과 시험 답안지 작성법을 모르는 것 같아 불렀네. 다음 주에 재시험 칠 기회를 줄 테니 동기들한테 답안지 작성법을 좀 배워서 다시 한번 시험을 쳐 보도록 해."

'뭐지? 문과 답안지 작성법이 따로 있나? 그래서 애들이 그렇게 열심히 뭔가를 적었나?'

강의실로 돌아와 같이 편입한 전 문과생 언니에게 교수님 방에 다녀온 이유를 말했다.

"답안지를 어떻게 썼는데?"

"나? 요약한 답을 딱 한두 문장으로 깔끔하게 적었지."

"답을 한두 문장으로?"

"응. 그래도 질문을 제대로 파악하고 정확하게 적었는데……."

"야! 그렇게 답 적는 사람 처음 본다. 다들 답안지 채운다고 책 내용, 자기 생각, 있는 말 없는 말 등 다 짜내고, 반복하고, 조사 한 자라도 더 넣으려고 난린데. 니는 무슨 똥배짱이고?"

세상에, 답안 작성법에서 정답만큼 중요한 게 양이라니! 나는 적지 않은 충격을 받고 다시 공부를 시작했다. 살로 붙일 말을 찾아 적고, 꼭 필요한 말을 어떻게 눈에 띄게 적을지도 구상했다.

교수님의 배려 덕분에 한 과목은 재시험을 칠 기회를 얻었지만, 다른 과목들은 아직 이과 티를 벗지 못한 내 공부 탓에 좋은 점수가 나오지 않았다.

그래도 괜찮다. 나는 하고 싶은 공부를 하고, 다시 대학생이 되어 미래를 새롭게 꿈꿀 수 있으니, 그것만으로 행복했다.

가끔 후배들이 묻는다.

"선배님, 사회복지 공부한 거 후회되지 않으세요? 난 힘만 들고, 인정도 못 받고, 재미도 없어서 왜 이 공부했나 싶은 생각이 가끔 들어요."

"나? 난 몸에 안 맞는 옷 입은 것 같은 공부 하다가 내가 사는 세상, 사람에 대해 이야기하고 배우니깐 재밌던데. 너도 처음부터 이 길이 아닌 다른 길을 갔거나, 다른 공부 이것저것 하면서 돌고 돌아왔다면 지금 하는 일이 재미있다고 생각했을 거야."

처음부터 정해진 길만 걸으며 공부하고 일해 온 사람들은 잘 모를 수 있다. 나의 지금! 이 순간의 소중함을.

돌고 돌아 긴 방황과 고민의 시간이 더해져 내 앞에 펼쳐진 이 길이 난 더없이 고맙고 소중하다.

○

열정과

냉정 사이

열정과 이성, 현실과 이상을 구분하지 못했던 그때의 어설
픈 열정이 가끔은 그립다.

사람이 사람답게 살 수 있도록 돕는 학문을 공부한다는
건 행복이었다. 어렵고 힘든 사람을 도울 방법을 찾고 연구
한다는 사실에 내가 살아갈 이유를 찾은 듯했다. 물론 세월
이 지난 지금, 이 일의 척박한 현실을 느끼면서 당시의 설
렘이 많이 사라지긴 했지만…….

4학년 2학기! 편입한 대학의 2년은 짧았다. 어색한 동기들과 얼굴을 트고, 공부에 재미를 느낄 때쯤 졸업이 코앞으로 다가왔다. 어렵게 들어온 대학인 만큼 부끄럽지 않게 졸업해야 한다는 압박감이 나를 조였고, 취업에 대한 부담이 전보다 더 컸다. 그때 학과 사무실 앞에 붙은 취업 공고문이 눈에 들어왔다.

○○복지관 사회복지사 채용

대상 : 사회복지사 1급 자격증 소지자 또는 자격취득 예정자 0명

'아, 난 자격취득 예정자구나.'

그때는 사회복지학과를 졸업하면 사회복지사 자격증(4년제 졸업자는 1급)이 자동으로 취득되는 시대였다. 공고문의 자격취득 예정자는 나도 취업할 자격이 된다는 뜻이었다. 가슴이 벅차고 떨려 공고문 앞에서 한참을 서 있었다.

'내가 이제 사회복지사로 일할 수 있구나. 정말 사회복지사가 되는구나.'

설렘과 동시에 두려움도 생겼다.

'내가 할 수 있을까? 젊고 열심히 하는 후배들도 다 같이 졸업하는데, 내가 될까?'

공고문을 뚫어지게 쳐다보며 이런저런 생각을 하고 있을 때 학과 사무실 문이 열렸다.

"복지관 채용 공고? 일단 한번 원서 넣어 봐. 해 보고 안 되면 다른 데 또 넣으면 되지."

학과 사무실에서 나온 조교는 대수롭지 않은 듯 한마디 던지며 지나갔다. 신기하게도 대수롭지 않게 던진 그 말에 용기가 생겼다.

'그래, 한번 해 보는 거지, 뭐!'

난 처음으로 취업 준비를 시작했다. 사진을 찍고, 이력서를 쓰고, 졸업 예정 증명서를 출력한 후 채용 공고를 낸 복지관에 원서를 넣기 위해 갔다. 한 번도 가 본 적 없는 낯선 동네 어귀를 지나, 주택으로 빼곡한 골목길 끝에 빨간 벽돌로 지어진 복지관이 있었다. TV에서 본 유럽 어느 작은 마을에 있을 것 같은 고풍스러운 건물이었다. 건물 앞에는 꽃과 잔디가 심어진 작은 마당이 있었고, 마당 가운데 동그란 모양의 마당석이 복지관 현관문까지 연결되어 있었다. 마당석을 하나, 둘 밟으며 걷자 이 돌을 밟고 걸어간 많은 사람의 행복한 발걸음이 느껴졌다. 무언가를 배우고 함께하는 즐거움이 가득한 그들의 웃음소리도 들리는 듯했다. 아니, 진짜 들렸다. 고개를 드니 2층 강당에서 신나는 음악과 함께 어르신들이 웃으며 손을 잡고 움직이는 모습이 보였다.

'어르신들이 댄스를 배우고 있구나!'

그들의 행복한 웃음소리에 발맞춰 복지관을 들어서자, 형형색색의 방문자 환영 문구와 프로그램 안내문이 눈에 들어왔다.

'그래, 여기다. 복지관! 나 여기서 일하고 싶었지?'

처음 자원봉사를 하며 사회복지를 알게 된 곳, 복지관! 그런 복지관에서 일하고 싶었던 간절한 마음을 떠올리며 원서를 접수했다.

1차 서류심사는 무난히 통과하고, 2차 면접 통보를 받은 후 다시 복지관을 찾았다. 깔끔한 정장을 입고 작은 가방을 옆으로 멘 후 한 손에는 책과 신문을 들었다. 그 당시 난 어디를 가든 책과 신문을 들고 다니며 읽는 습관이 있었다. 책과 신문을 좋아해서 생긴 습관이 아닌, 잠시 짬이 나 멍하니 있으면 불안해지는 시간 강박증 때문이었다. 그날도 면접장에 가면서 어김없이 책과 신문을 들고 갔고, 대기 시간의 불안한 마음을 신문 읽기로 달랬다. 신문을 두어 장쯤 읽었을 때 이름이 불렸다.

"신아현 선생님, 들어오세요."

긴장된 마음을 가다듬기 위해 한숨을 크게 쉬고 면접장 안으로 들어갔다. 면접 질문은 예상대로 늦은 나이에 공부를 시작한 이유, 관심 있는 복지 분야에 관한 것이었다. 예상한 질문들이라 무리 없이 면접을 보고 나오는데 사무실 직원들의 따가운 시선이 느껴졌다.

'뭐지? 다들 왜 저렇게 쳐다보지?'

알 수 없는 시선을 뒤로한 채, 홀가분하게 복지관을 나왔다.

며칠 뒤 도착한 합격 문자와 전화! 드디어 내가 취업했다. 그것도 졸업하기 전에.

부모님은 나의 취업 사실을 처음에는 믿지 않았고, 합격 문자를 본 후에도 세상 물정 모르는 딸이 듣지도 보지도 못한 이상한 곳에 취업한 건 아닌지 걱정했다. 아무리 설명해도 누구나 아는 대기업 취업이 아닌 이상 불안해할 것이 뻔했기 때문에 크게 신경 쓰지 않았다. 그저 가고 싶었던 복지관에 취업했다는 사실만으로 좋았다.

첫 출근날, 설레는 마음으로 복지관 앞 마당석 위를 다시 걸었다. 그러나 처음 걸었을 때의 설렘과 행복은 사라지고, 입구가 가까워질수록 긴장과 불안감이 몰려왔다.

'잘할 수 있을까?'

떨리는 마음으로 사무실 문을 열고 들어가, 몸과 마음 그리고 얼굴까지 얼어붙은 어색한 표정으로 고개 숙여 인사했다.

"아, 안녕하세요. 오늘부터 근무하게 된 신아현입니다."

직원들은 나와 달리 밝은 표정으로 반갑게 인사해 주었다.

"신 샘, 앞으로 잘 지내봐요."

"신 선생님, 반가워요."

그때 한 직원이 가까이 다가오더니 신기한 듯 나를 쳐다보며 물었다.

"신 선생님은 여기저기 면접 보러 많이 다니셨죠?"

"아, 아니요."

갑작스러운 질문에 당황하며 말했다.

"나 지금까지 면접장에서 그렇게 여유롭게 신문 읽는 사람 처음 봤거든요. 면접을 많이 본 게 아니라면 그런 여유와 배짱은 어디서 나오는 거예요?"

세상에, 병적 강박증으로 불안을 잠재우기 위해 신문을 읽는 내 모습이 다른 이들에게 배짱 두둑한 사람으로 보였다니! 옆에 있던 직원들도 그런 모습 때문에 내가 면접에 합격했을 거라며 한마디씩 거들었다. 그제야 면접 날, 이상한 눈빛으로 나를 쳐다봤던 그들의 시선을 이해할 수 있었다.

그날부터 난 재가복지 서비스팀에 배치되어 일했다. 재가복지는 거동이 불편하거나 생활이 어려운 취약계층을 직접 찾아가 필요한 서비스를 발견하고, 제공하는 일이었다. 밖으로 나가 사람 만나기를 좋아하는 나에겐 딱 맞는 업무였다.

매일 인근 학교 결식 학생과 거동이 불편한 어르신들에게 도시락을 배달하고, 수시로 취약계층 대상자 집을 방문 상담해 그들의 문제를 찾고, 해결을 위한 팀 회의를 했다. 하루하루가 정신없이 바빴고 한 달도 금방 지나가 버렸다. 한 달이 지나 첫 월급을 받은 날, 부모님께 내복 선물과 용돈을 드렸다. 어머니는 처음 받는 용돈 봉투를 보며 눈시울을 붉혔다.

"고생했다. 고맙다."

더듬더듬 한마디씩 하는 어머니의 말에 눈물이 날 것 같았지만, 이렇게 기쁜 날 울고 싶지 않았다.

"앞으로 매달 용돈은 챙겨 줄 건데, 적다 소리나 하지 마. 나도 돈 모아서 시집가야지!"

적은 돈으로 크게 생색내는 기분을 만끽하며 그냥 웃었다. 그리고 은행을 방문해 처음 내 손으로 적금을 넣었다. 입금이 이제 막 한 줄 찍힌 적금 통장이었지만, 이 순간의 설렘을 떠올리면 앞으로 어떤 힘든 일도 견딜 수 있을 것만 같았다. 어려운 사람을 도우면서 월급 받는 일, 나는 사회복지사라는 직업이 더없이 소중하고 감사하게 느껴졌다.

이런 감사한 마음은 때때로 지나친 열정이 되어 물불 잘 가리지 못하는 내 성격에 기름을 부을 때가 있었다.

열정 기름의 첫 시작은 두 다리를 못 쓰는 이복자 할머니의 이사 건이었다. 이복자 할머니는 왕년에 잘나간 명동 미용실 원장이었다. 할머니는 불의의 교통사고로 두 다리와 전 재산을 잃은 후 기초생활보장 수급자로 살고 있었지만 늘 당당하고 멋있었다.

하루는 할머니에게 도시락을 배달했는데, 할머니가 평상시와 달리 깊은 한숨을 내쉬고 있었다.

"할머니! 무슨 일이에요?"

"아휴! 이 집 전세 기간이 다 되어 가는데, 집주인이 이제 자식들이 들어와 살기로 했다면서 내 보고 나가라 안 하나. 내가 혼자 집을 알아보러 다닐 수가 있나, 이사를 할 수 있나. 요 며칠 걱정돼서 잠이 안 온다. 신 양아! 니 내 좀 도와도."

당시 난 복지관에서 일을 시작한 지 얼마 되지 않아 열정이 끓어오를 때였다. 그때 할머니의 "내 좀 도와도"라는 말은 기름이 되어 나의 열정에 불을 붙였고, 나는 1초의 망설임도 없이 대답했다.

"네, 걱정하지 마세요. 제가 일단 인근 집 나온 거 있는지 알아보고 괜찮은 집이 있으면 말씀드릴게요. 위치랑 가격이 괜찮으면 같이 가 봐요."

"고맙다, 신 양아. 꼭 빨리 알아봐 도."

나는 할머니의 걱정을 덜어 드렸다는 기쁨과 열심히 일

하는 내 모습에 살짝 도취되어, 들뜬 마음을 안고 복지관으로 돌아왔다. 그리고 어깨를 으쓱하며 팀장님에게 할머니의 상황을 보고했다.

"팀장님, 이복자 할머니가 집을 옮겨야 한다 해서 집 구하는 거 도와드리고, 괜찮은 집 있으면 같이 가 보자고 했어요."

그러자 기대와 달리 팀장님이 정색하며 말했다.

"선생님! 그분 모시고 집을 보러 다니는 게 쉬운 일인지 아세요? 아니, 집은 부동산 통해 알아볼 수 있지만, 할머니하고 같이 집을 보러 가는 건 어떻게 하실 거예요? 선생님 혼자 할 수 있는 일도 아니고, 직원 몇 명이나 붙어야 하는 일을 의논도 없이……."

스스로가 뿌듯했던 마음은 온데간데없이 사라지고 정신이 아찔했다. 서비스 지원 가능 여부와 방법을 팀과 의논도 없이 혼자만의 생각과 열정으로 덜컥 약속해 버린 것이었다. 이미 할머니와의 약속으로 물은 엎어졌고, 우리 팀은 나의 섣부른 행동으로 서비스 지원 여부가 아닌 서비스 지원 방법을 찾기 위해 회의를 시작했다.

할머니가 살 만한 집을 알아보는 건 그나마 간단했지만,

할머니를 모시고 집을 보러 가는 일은 서너 명의 직원을 투입해야 했다. 할머니가 가진 돈으로는 교통이 편한 길갓집을 얻기는 어렵고, 좁은 골목길이나 계단이 있는 윗동네 집이 구해질 가능성이 컸다. 그나마 휠체어가 들어가는 골목길이면 다행이지만, 계단이 있는 집을 구할 경우 누군가는 덩치 큰 할머니를 업고, 누군가는 할머니의 엉덩이를 받치면서 움직여야 했다. 회의하는 내내 직원들의 얼굴이 밝지 않아 그 속에 앉아 있는 것조차 곤욕이었다. 그러나 모두가 우리 팀이 할 수밖에 없다는 사실은 인정했다.

이런 상황을 모르는 할머니는 나만 철석같이 믿고 있었다.

"신 양아, 집 좀 알아봤나? 내일 몇 군데 가 보까?"

"할머니, 내일은 토요일인데요."

"내 맘이 급해서 그런다. 내일 가 보자."

"그래도 토요일은……."

당시는 토요일도 오전 근무를 하던 시절이었다. 하지만 집을 보러 다니는 일이 오전 안에 끝나지 않을 걸 알기에 선뜻 대답할 수 없었다.

"집주인이 빨리 집을 비우라 해서 내 맘이 급하다."

할머니의 급한 성격을 알기에 안 된다고 말을 하지 못했다. 결국 직원들은 즐거운 토요일을 반납하고 할머니와 함께 골목길 집 투어를 해야 했다. 나는 미리 세 집 정도를 알아봐 두었다. 첫 번째 집은 가장 저렴하게 나온 길갓집이었다. 도롯가 집이라 할머니가 드나들기 쉽고, 바깥 구경하기도 좋은 데다 휠체어를 타고 바로 가 볼 수 있는 집이라 현재로선 최고의 집이었다. 나는 은근히 할머니가 그 집을 선택하길 바랐다. 하지만 할머니는 문만 열면 밖이 보이는 곳은 시끄럽고 위험해서 싫다고 하셨다.

'아! 다음은 좁은 골목길을 지나고 계단을 올라야 하는 집들인데…….'

따스한 봄 5월, 앞의 한 명이 할머니를 업고, 뒤의 두 명은 할머니 엉덩이를 받치면서 계단을 오르내리는 일은 쉽지 않았다. 조금만 실수해도 다칠 수 있기에 온 힘을 다해 할머니를 잡고 밀어야 했다. 몇 발자국만 움직여도 모두 한여름처럼 땀범벅이 되었다.

그렇게 힘들게 다닌 결과, 할머니는 좁은 골목을 지나 계단을 올라야 하는 가장 높은 곳에 있는 집을 선택했다.

"내는 이 몸으로 혼자 살아서, 우리 집에 딱 올 사람만 찾아올 수 있는 이런 집이 좋다. 내 여 할란다."

할머니가 선택한 집은 할머니에겐 살고 싶은 집이었지만, 이사까지 도와야 하는 우리에겐 최악의 집이었다. 그러나 할머니가 좋다 하니 어쩔 수가 없었다.

집이 결정된 후 마지막 난관은 이사였다. 짐이야 이삿짐센터에서 옮기겠지만 우리는 또 할머니를 모시고 가야 했다. 할머니가 선택한 이사 날은 또 토요일. 전 직원은 다시 할머니를 업고, 뒤에서 받치면서 골목길을 지나 계단 위에 있는 집으로 할머니를 모셨다. 그리고 이삿짐센터가 두고 간 짐 정리를 도왔다.

모두가 무더위와 힘든 노동으로 지쳤지만, 할머니가 마음 편히 계실 곳을 마련해 줬다는 뿌듯함으로 기분 좋게 일을 마무리했다. 하지만 나는 사려 깊지 못한 열정으로 팀원 모두를 몇 주째 고생시킨 미안함에 마음이 불편했다. 일이 끝나고 골목길을 걸어 내려오면서 땀범벅이 된 팀장님이 말했다.

"선생님 때문에 엄청 힘들었지만, 보람은 있네. 그래도 앞으로 이건 아닙니다!"

이런 따뜻한 팀장님과 동료들 덕분에 나의 어설픈 열정은 훈훈하게 마무리되었다.

사회복지사라는 이름을 처음 가졌던 그때. 열정과 이성, 현실과 이상을 구별하지 못하고 그저 마음 가는 대로 앞으로만 내달린 어설픈 시간을 생각하면 지금도 부끄럽다. 그러나 오랜 시간이 지난 지금, 가끔 그때의 열정이 그립다.

O

새롭게

떠나는 길

가장 가고 싶지 않았던 길, 아니 솔직히 못할 것 같아 쳐다보지 않았던 길 위에 섰다. 자신 없고, 두려움 속에 있던 내게 따뜻하게 손길을 내밀어 준 사람들, 그들 덕분에 어느새 나는 이 길에 서 있었다.

첫 직장인 복지관에서 또래 동료들과 사회복지사로 일하는 삶은 즐겁고 행복했다. 아무것도 아닌 농담에 배꼽 잡고 웃었고, 늦은 시간까지 일하며 수다와 함께 먹는 야식은 세상 어떤 음식보다 맛있었다. 소소한 일상부터 연애 고민까지 함께 나누는 동료들이 있어 직장 생활은 크게 힘들지 않았다. 복지관 근무 2년 차에 내가 좋아하는 사람이 생겼다고 하자 동료들은 모두 자기 일처럼 기뻐하며 응원해 줬다. 그들의 응원 덕분에 나는 그해 결혼했다. 그러나 결혼과 동시에 임신까지 하면서 모든 상황이 조금씩 바뀌기 시작했다.

재가복지 서비스팀은 업무 특성상 외근이 잦았고 여기저기서 들어오는 무거운 후원품을 들고 날라야 하는 일이 많았다. 임신한 몸으로 힘든 일을 하는 게 조금 버거웠지만, 사람들에게 업무를 바꿔 달라거나, 일이 힘들다고 말할 수 있는 성격이 아니었다. 결국 나는 임신 4개월에 설 성품으로 들어온 쌀을 나눠 주다 조산 위험으로 병원에 입원하게 되었다.

입원한 병실에는 나와 은행원, 학교 선생님 이렇게 세 명의 환자가 있었다. 모두 직장인이었지만 임신이라는 이유로 직장 내 배려를 요구하기 어렵다며 사직이나 휴직을 고민하는 중이라고 말했다. 나도 진지하게 고민하기 시작했다. 당시 임신과 출산은 직장 내 '민폐'라는 이미지가 지금보다 더 강했다.

사회복지학과 편입 이후 취업, 결혼, 임신까지 열심히 달려온 그동안의 시간을 되돌아보며 앞으로 어떻게 살아야 할지 다시 생각했다.

'임신, 출산, 육아까지 문제없이 복지관에서 일할 수 있을까? 지금까지 일한 복지관은 평생 일할 수 있는 안정적인 직장일까?'

이런저런 고민 끝에 복지관을 그만두기로 했다. 전업주부로 살 생각은 아니었으나 임신한 상태로 열심히 일할 자신이 없었다. 결국 퇴원 후 사표를 썼지만, 관장님과 직원들이 조금 생각할 시간을 가질 수 있도록 육아휴직으로 처리해 주었다.

휴직 기간에 복지관 사회복지사 외에 내가 할 수 있는 일은 뭐가 있을까 찾던 중, 2002년 사회복지 공무원을 대거 채용한다는 뉴스와 함께 부산시의 공무원 채용 공고문을 보게 되었다.

'공무원? 아, 정말 하기 싫은 게 공무원이었는데……'

대학 때 아버지는 여자 직업으로는 공무원이 최고라며 수시로 공무원 시험을 권했다. 그럴 때마다 나는 공무원은 내가 꿈꾸는 삶이 아니라며 듣는 척도 하지 않았다. 이상하게 공무원이라고 하면 어릴 때 보았던 <전원일기>의 이장님 이미지가 떠올랐다. 몸에 안 맞는 헐렁한 양복을 입고, 코끝까지 내려온 안경을 쓰고 문서를 내려다보는 사람들, 삶의 즐거움, 도전 같은 짜릿함을 모르는 매력 없는 사람이 공무원일 것 같았다. 괜히 공무원 이미지를 트집 잡았지만, 솔직히 난 그 어려운 시험에 합격할 자신이 없었다.

그러나 결혼과 임신 등 삶의 큰 변화를 겪으면서 다시 보게 된 공무원 채용 공고문은 전과 다르게 다가왔다.

'지금은 이걸 해야 할 때인가?'

조산 위험으로 절대 안정 진단이 나온 상황이었지만, 천천히 공무원 시험을 준비했다.

시험까지 남은 기간은 3개월. 게다가 난 임신 5개월에 접어들 때였다. 아무리 열심히 해도 한 번에 합격하기는 어렵겠다는 생각에 태교하는 마음으로 공부를 시작했다. 매일 6시에 일어나 집 앞 도서관을 갔고, 몸이 힘들면 집으로 와 조금 쉬면서 컨디션을 조절했다.

드디어 시험일! 다들 큰 가방을 메고 편한 복장으로 시험장에 들어섰다. 그러나 난 7개월의 임신부로 임부복을 입고 뒤뚱거리며 시험장에 들어갔다. 다행히 시험장 좌석은 내가 제일 좋아하는 교탁 앞이었다. 그런데 문제는 배부른 내 신체와 좁은 책상이 맞지 않는다는 것이었다. 책상 밑으로 다리를 쏙 넣고 책상에 몸을 딱 붙여야 시험에 집중할 수 있는데 그러기엔 책상이 너무 작았고, 내 몸은 너무 컸다. 어쩔 수 없이 책상에서 몸을 한참 떨어트려 엉거주춤하게 앉았다.

교탁 앞에 서 있던 시험 감독관은 내가 불편해 보였는지 걱정스럽게 물었다.

"괜찮으세요? 불편하시지요?"

괜찮다고 했지만 사실 난 괜찮지 않았다. 불편한 자세로 앉아 시험 문제를 읽고, OMR카드의 작은 동그라미를 메우는 일은 쉽지 않았다. 봄기운이 완연해 살짝 더운 데다, 열이 많은 임신부였던 난 몸과 손에서 땀이 줄줄 흘렀다. 결국 OMR카드에 떨어지는 땀 때문에 답안지를 여러 번 교체하는 일까지 생겼다. 시험 감독관은 계속 답안지를 교체하는 나를 보며 안타까워했다. 마지막 5분을 남기고, 감독관은 답안지 작성을 마무리하라는 안내를 했다. 그러나 그 순간에도 땀은 계속 흘러내렸고 OMR카드에 적은 답이 번져버렸다. 감독관은 나보다 더 안타까워하며, 땀으로 번져 버린 답은 포기하고, 끝까지 답안지 작성을 완성하길 권했다.

'아, 한 문제를 버리면…… 떨어지겠구나.'

사실 몇 달 공부하지 않고 공무원 시험에 합격하기를 바란 게 무리였지만, 한 문제를 버려야 한다는 안타까운 마음은 어쩔 수 없었다. 마음을 추스르며 마지막까지 최선을 다해 답을 체크한 후 종소리에 맞춰 답안지를 제출했다.

책상을 정리하고 가방을 들고 나오는데 시험 감독관이 다가왔다.

"저……. 고생 많으셨습니다. 보는 내내 안타까워 혼났습니다. 밖에 보호자분이 와 계세요? 제가 거기까지 가방이라도 들어 드리고 싶습니다."

교탁 바로 앞에서 땀을 줄줄 흘리며 시험 치는 나를 계속 안타깝게 쳐다본 감독관은 마지막까지 따스한 말을 건넸다. 감독관의 배려에 힘든 시험 시간이 떠올라 울컥했지만, 웃으며 감사 인사를 전했다.

"바로 밑에 남편이 와 있습니다. 말씀만이라도 감사합니다. 그리고 오늘 답안지 계속 교체해서 죄송합니다."

"아닙니다. 고생 많이 하셨습니다."

한참 동안 무거운 가방을 든 나에게 시선을 떼지 못하던 그분의 배려에 감동하며, 그동안 공무원에게 가졌던 편견에 미안한 마음이 들었다. 혹시 시험에 합격하면 다시 한번 감사함을 전하고 싶었지만, 안경 쓴 남자라는 것 외에는 이름도 성도 몰라 아직 전하지 못했다.

힘든 필기시험을 끝내고, 다시 일상으로 돌아왔다. 공부에 찌들어 제대로 하지 못했던 태교를 위해 산책하고, 십자수도 놓으면서 평범한 임신부의 시간을 보냈다.

한 달 뒤 1차 합격자 발표. 마음을 비웠다고 생각했는데 아침부터 심장이 뛰었다. 불안한 마음에 몸을 가만두지 못해 집 안을 왔다 갔다, 창문을 열었다 닫았다 하면서 발표 시간을 기다렸다. 드디어 합격자 발표 시간! 컴퓨터를 켜고 합격자 발표 공고문을 보았다. 그런데 합격자 명단에 내 수험번호가 있었다. 두 눈을 의심해 몇 번을 봤지만, 분명 합격자에 내가 있었다. 수험 기간은 짧았지만, 부른 배로 힘들게 도서관을 오간 시간과 필기시험 때 진땀 흘린 긴장감이 머릿속을 스치며 눈물이 났다.

그리고 알았다. 이것은 신이 내게 준 두 번째 기적이라는 것을……

온 가족과 친구의 축하를 받으며 기뻐할 겨를도 없이 며칠 뒤로 다가온 면접을 준비했다. 면접을 볼 때는 임신 8개월. 과연 내가 무리 없이 면접을 볼 수 있을지조차 의문이었다.

'아가야, 제발 빨리 나오지 마라. 엄마 시험 끝날 때까지 편안하게 배 속에 있어.'

아이에게 주문을 외우며 면접을 준비했다. 그리고 시간을 내어 면접용 옷도 샀다. 왼쪽 가슴에 크고 예쁜 꽃장식이 달린 빨간색 원피스로.

드디어 면접일! 긴장되는 마음으로 면접장에 들어서는 순간 깜짝 놀랐다. 200명 가까운 사람이 앉아 있는 면접 대기실이 전부 시커멨다. 앉아 있는 모든 사람이 목 주변만 셔츠와 블라우스로 하얀 부분일 뿐, 전부 검정색 정장 일색이었다. 면접 안내를 담당하는 직원들까지도 모두 까맸다.

그런데 나는? 나는 임신 8개월의 묵직한 배를 내민 것도 모자라 왼쪽 가슴에 큰 꽃장식을 한 빨간 원피스 차림이었다. 입구를 통과해 자리에 앉기까지 모든 시선이 나에게 고정되는 느낌이었다. 그렇지 않아도 긴장된 면접인데 그 시선에 더 몸이 움츠러들었다.

그때 면접 관리 담당자가 다가왔다.

"혹시 출산이 오늘, 내일인 건 아니죠?"

"네. 아직 두 달 남았습니다."

"그래도 너무 힘들어 보이는데 면접번호가 몇 번이세요? 1번으로 변경해 볼까요?"

"아닙니다. 저 2번이라 괜찮을 것 같습니다."

"아, 그래도 혹시 불편하면 1번으로 바꿔 볼 테니 말씀해 주세요."

"괜찮습니다. 신경 쓰이게 해서 죄송합니다."

담당자는 그 뒤 수시로 나를 쳐다보며 괜찮냐는 듯 눈짓을 보냈고, 나는 웃으며 괜찮다는 듯 고개를 끄덕였다. 필기시험에 이어 면접시험까지 친절한 공무원의 모습을 보면서 지금까지 난 뭘 보고 공무원이 답답하고 불친절하다고 생각한 건지 의문이 들었다.

많은 분의 배려로 나는 모든 시험을 통과하고, 2002년 6월 출산을 3주 앞두고 사회복지 공무원으로 임용되었다. 발령을 받기 전, 곧 출산하는데 발령을 받는 건 무리가 있을 것 같아 시청에 전화해 임용 연기 상담을 했다.

"선생님, 아직 잘 모르셔서 그런 거 같은데 공무원은 임용일이 제일 중요해요. 임용되고 시보 기간에도 출산휴가 가능하니 임용은 무조건 받으세요, 그리고 군입대, 질병, 뭐 이런 거 아니면 임용 연기 사유도 아니에요."

그때는 출산일보다 임용일이 중요하다는 그분의 말을 정확히 이해하지 못했다. 공무원이 된 후, 공무원의 임용일이 승진, 급여 등 모든 부분에서 중요하다는 것을 알게 되면서 그 또한 그분의 배려였음을 깨달았다.

그렇게 나는 임신 10개월, 만삭에 첫 동주민센터로 발령을 받았다. 그러나 2002년 당시는 임신부에 대한 인식이 지금과 사뭇 달랐다. 물론 그때 선배 공무원들은 발령받고 3주 뒤 3개월의 출산휴가에 들어가는 내게 요즘 세상 많이 좋아졌다며 부러워했다. 얼마 전까지 출산휴가는 2개월이었다면서.

첫 발령지였던 동주민센터에서는 아무도 나를 환영하지 않았다. 당시 동주민센터는 2000년 생활보장법이 국민기초생활보장법으로 바뀌면서 늘어난 업무로 정신없이 바빴다. 부족한 일손을 메우기 위해 신규 사회복지 공무원이 오기를 간절히 기다리고 있었는데, 발령받아 온 직원이 임신한, 그것도 곧 출산할 임신부라니. 그때 직원들이 느꼈을 황당함은 이루 말할 수 없었을 것이다. 그러나 당시 그런 상황을 전혀 알지 못했던 나는 환영받지 못한 임신부라 슬펐고, 공무원 첫날부터 받은 눈치에 마음이 힘들었다.

그날 선임 사회복지 공무원은 내 앞에서 총무과에 전화를 걸었다.

"지금 뭐 하는 거예요? 전에도 임신부 발령내서 곧바로 육아휴직 들어가는 바람에 여태 혼자 일했는데 이번에는 막달 임신부라니……."

전화기 너머로 총무과 담당자의 목소리가 들렸다.

"우리도 시에서 준 명단 보고 발령을 낸 거라 임신부인지는 몰랐어요. 어쨌든 미안합니다."

나는 큰 죄를 지은 사람처럼 부끄러운 마음으로 그 옆에 서 있었다. 그전까지 나는 임신한 상태에서도 공부해 당당하게 공무원 시험에 합격한 대단한 사람이었다. 그러나 지금 이곳에 서 있는 나는 조직에 큰 폐를 끼친 불편하고 쓸모없는 사람이었다. 그렇게 3주 동안 불편한 몸과 마음으로 일하다 출산휴가에 들어갔고, 휴가에 들어간 바로 다음 날 첫째 아이를 낳았다.

지금은 정부의 출산 장려 정책으로 인해 조직 내 임신부에 대한 인식과 출산휴가, 육아휴직에 관한 생각이 많이 바뀌었다. 그런 바뀐 분위기임에도 여전히 출산휴가와 육아휴직을 마음 편히 쓰기 어려운 게 현실이다. 그래서 난 후배들이 임신 소식을 알리면 조금 과장되어 보일지라도 최대한 요란스럽게 축하해 주려고 애쓴다. 소중하고 귀한 일을 하는 사람에게 이런 응원이 얼마나 큰 힘이 될지 알기에.

임신 중 입원으로 인한 불안, 새로운 진로에 대한 희망, 공부할 때의 고통, 시험의 긴장과 기적 같은 합격의 기쁨, 임용의 설렘과 발령의 설움. 2002년 시작된 사회복지 공무원의 삶은 짧은 시간, 많은 감정을 넘나들며 내게로 다가왔다.

2002년! 임신부의 이름으로 살았던 그해는 대한민국의 월드컵 4강 진출만큼이나 홀로 뜨거웠다.

3부

절망, 그 뒤에서

○

나오늘 학교에서 나왔다

우리가 그들을 돕기 위해 일한다는 믿음을 주지 못하는 건 우리의 잘못일까? 그들의 잘못일까? 그저 안전한 공간에서 편안하게 그들을 만나고 싶다.

공무원이 되면 정시 출퇴근을 하면서 조금 편하고 여유로운 삶을 살게 될 줄 알았다. 모든 사람이 공무원은 편한 직장이라고 말했고, 내 눈에도 그렇게 보였다.

"내가 낸 세금으로 편안하게 앉아 일하면서 때 되면 월급 또박또박 받아 가는 사람들!"

많은 사람이 공무원에게 가장 많이 하는 말이고, 공무원에 대해 갖고 있는 이미지다. 일을 시작하면서 공무원에 대한 이런 일반적인 이미지가 싫은 것과는 별개로 솔직히 그런 말을 좀 듣더라도 편한 직업이면 좋겠다 생각했다. 그러나 실상은 보이는 것과 달랐다. 아니, 그런 말을 듣는 게 억울할 정도로 달라도 너무 달랐다. 매일 만만치 않게 쏟아지는 업무량에 헉헉대고, 가끔 찾아오는 예상치 못한 민원인 때문에 몸과 마음이 무너지는 날이 많았다.

사회복지 공무원이 된 지 얼마 되지 않은 그날도 그랬다. 아침 당직이라 다른 직원보다 일찍 출근해 사무실을 정리했다. 신선한 공기가 사무실을 가득 채울 수 있도록 창문을 활짝 열고, 책상을 닦은 후 직원들이 따뜻한 차를 마실 수 있도록 커피포트에 물을 올렸다. 당직 때는 일찍 출근해야 하는 불편함은 있지만, 아무도 없는 사무실을 정리하며 누군가를 기다리는 설렘도 있다. 그러나 그날의 설렘은 유리 현관문 너머 걸어오는 한 사람을 보는 순간 사라져 버렸다.

동주민센터에 혼자만 있던 아침 8시 30분. 입구 유리 현관문 밖에서 누군가 망설임 없이 저벅저벅 걸어왔다. 초라한 행색에 큰 가방을 옆구리에 끼고, 한쪽 눈에 하얀 안대를 한 것이 멀리서 대충 봐도 범상치 않았다. 예상대로 그는 동주민센터 유리문을 있는 힘껏 밀고 들어왔다. 살짝 무서웠지만 그래도 사무실을 지키는 당직 공무원인데 무서운 티를 낼 수는 없었다. 아무렇지 않은 척 민원대 앞으로 걸어가 친절하게 말을 걸었다.

"어떻게 오셨습니까? 저희 9시부터 업무 시작인데 조금만 기다려 주시겠어요?"

그러나 그는 내 말이 끝나기가 무섭게 민원대에 더 가까이 다가와 나지막한 목소리로 말했다.

"나 오늘 학교에서 나왔다. 그러니 조용히 쌀 한 포만 도!"

처음에는 그의 말을 정확히 알아듣지 못했다. 아니, 솔직히 이해하지 못했다.

'학교? 학교가 뭐지? 근데 뭔가 느낌이 싸하다.'

두려운 마음에 움찔했지만 그렇다고 쌀을 그냥 줄 수는 없었다. 아직 신규였던 나는 평상시 선배의 말을 귀담아들었고, 그 말을 무시할 수 없었다.

'이웃돕기 성품은 사전에 선정된 사람이 있으니 성품 받

으러 오는 사람이 있으면 꼭 신분 확인하고, 수령부에 서명 받고 줘야 한다.'

난 떨리는 목소리로 선배의 가르침대로 조심스럽게 물었다.

"선생님, 저……. 쌀 지급 명단에 선생님 이름이 있는지 확인해야 해서요. 신분증 좀 주시겠어요?"

민원인은 다시 조용히 말했다.

"쌀만 주면 조용히 갈 거니깐, 그냥 쌀 한 포 도!"

"성품 들어온 쌀이라 대상자 확인을 하고 드려야 해서요."

그러자 민원인은 신분증 대신 자신의 얼굴을 내 얼굴 가까이 들이대며 순식간에 안대를 내렸다.

"내 분명히 오늘 학교에서 나왔다고 했제."

그가 안대를 내리는 순간, 난 온몸이 얼어 버렸다.

'아…… 안구가 없다.'

신분증을 받기 위해 내밀었던 손은 주책맞게 흔들렸고, 당당한 척 서 있던 몸은 사시나무 떨리듯 떨리기 시작했다.

"마지막이다. 조용히 말할 때 한 포 내놔라."

안대를 올리며 싸늘한 목소리로 한마디 더 던지는데 더는 머뭇거리고 있을 수가 없었다. 바로 쌀 한 포를 들고나와 조용히 내밀었다. 민원인은 그제야 비웃듯 입꼬리를 올리며 쌀을 어깨에 둘러메고 나갔다. 이름도 모르는 그 사람이 현관문 밖으로 걸어 나가는 뒷모습을 보면서 의자에 털썩 주저앉았다. 심장은 숨을 쉴 수 없을 만큼 쿵쾅거렸고, 머릿속은 하얘져 아무 생각도 나지 않았다. 시계를 봤더니 8시 35분. 채 5분도 되지 않은 시간에 나는 하루에 써야 할 모든 기운을 다 쓴 느낌이었다.

잠시 멍하니 앉아 있다가 생각했다.

'살았다.'

'아니다. 이제 죽었다.'

누군가에게 가기로 정해진 귀한 쌀을 무섭다는 이유로 신분도 확인하지 않고 줬다는 사실을 직원들에게 어떻게 말해야 할지 걱정되고 부끄러웠다.

조금 있으니, 직원들이 하나둘 밝은 얼굴로 들어왔다.

"좋은 아침!"

"오늘 날씨가 참 좋네요."

다들 반갑게 인사하며 들어오는데, 난 웃을 수가 없었다. 하얗게 질린 얼굴로 앉아 있으니 눈치 빠른 선배가 내게 다가왔다.

"무슨 일 있었나? 얼굴색이 와 그렇노?"

난 아직도 가시지 않은 두려움과 걱정에 떨리는 목소리로 대답했다.

"아……. 아침 당직이었는데, 이상한 사람이 와서 학교에서 나왔다고……."

"학교? 아, 교도소?"

"학교가 교도소예요? 왠지 그런 것 같더라."

"그런데 그 사람이 뭐라 하더나?"

"당장 쌀을 내놓으라고……."

"그래서?"

"선배님이 가르쳐 준 대로 신분증 달라고 했는데……."

"그런데?"

"신분증은 안 주고 얼굴을 들이밀며 눈에 있던 안대를 훅……. 그런데 그 사람이 눈이…… 없었어요. 쌀 한 포만 주면 조용히 간다고 협박하는데 너무 무서워서 그냥 쌀을 줘 버렸어요."

"진짜? 이름은?"

"……몰라요."

"이름도 확인 안 하고 줬나?"

"……네. 얼굴이 너무 무서워서."

버벅거리면서 상황을 전달하자 갑자기 선배가 웃기 시작했다.

"야! 아침부터 고생했네. 잘했다. 일단 우리가 살고 봐야지. 혼자 있을 때 그런 사람 잘못 건드렸다간 큰일 난다. 담부터는 그런 사람 오면 안대 내리기 전에 마 주삐라."

학교 나온 사람에 대한 두려움, 쌀을 함부로 쥐 버린 미안함이 뒤섞여 혼란스럽던 내게 선배의 말과 웃음은 큰 위로가 되었다. 터질 듯이 뛰던 심장은 조금씩 잔잔해졌고, 잘 쉬어지지 않던 숨이 조금씩 제자리를 찾아가는 느낌이었다. 그리고 힘든 나를 편하게 위로해 주는 선배가 옆에 있다는 사실이 든든했다. 다시 봐도 멋진 선배였다.

아침부터 혼을 뺐더니 오전은 버틴다는 마음으로 일했다. 점심때가 되어서야 직원들과 아침에 있었던 일을 반찬 삼아 이야기하며 기운을 차렸다. 오후 시간엔 다시 찾은 기운으로 평상시와 다름없이 일하는데 또 유리 현관문을 박차는 소리가 들렸다.

'오늘 뭔 일이래?'

두려움에 고개를 살며시 드니 동주민센터 직원들에겐 이미 유명한 김주식 씨였다.

"야, 앉아서 편하게 일하니 좋나? 나는 밥 먹고 살기도 힘든데 너거는 배가 불렀제? 똑같이 나랏돈 받고 사는데, 너거만 잘 살지 말고 우리도 살 수 있을 만큼 생계비를 줘야 할 거 아이가? 거지 동냥도 아니고 이게 돈이가? 생계비 더도!"

그는 술을 먹고 적은 생계비를 핑계 삼아 공무원을 상대로 마음껏 주사를 부렸다. 이제 좀 진정됐던 가슴이 또 뛰기 시작했다. 그러나 아침에 나를 위로한 멋진 선배는 이런 상황에서 눈 하나 깜박하지 않고 그를 똑바로 바라보며 말했다.

"지금 여기서 뭐 하시는 겁니까? 생계비는 국가에서 정한 금액이고, 우리가 더 주고 덜 주고 하는 게 아니에요. 술 먹고 여기 와서 소리 지르지 말고 얼른 돌아가세요."

"뭐? 그래, 내 술 먹었다. 니가 내 술 먹는 데 뭐 보태 준 게 있나?"

"없습니다."

그가 뭐라고 소리를 지르든 눈을 똑바로 뜨고 당당하게

대답했다. 그럴수록 그는 더 큰 목소리로 욕을 했고, 말로는 제압하기 힘들 정도로 흥분했다. 다른 직원들은 당황하며 어떻게 해야 할지 몰라 자리에 앉았다 서기를 반복했다. 그러나 선배는 전혀 개의치 않고 하던 일을 계속하는 듯 컴퓨터 자판을 두드리며 딱 잘라 말했다.

"여기는 선생님 주사 받아 주는 곳이 아닙니다. 하실 말씀 다 하셨으면 가세요."

정말 대단하다고 생각하며 선배를 쳐다보는데, 자판을 친다고 생각한 선배의 손이 자판 위에서 덜덜덜 떨고 있는 게 아닌가! 너무나 태연하게 말하고 눈빛조차 흔들리지 않던 선배의 두려움이 손가락 끝을 통해 나타나고 있었다.

'아, 경력 10년이 된 선배도 저런 사람이 두렵구나.'

지금까지 멋지게만 보였던 선배가 짠해 보이면서, 갑자기 불안한 생각이 들었다.

'10년을 해도 저렇게 두려운데, 나 정말 사회복지 공무원 되기를 잘한 걸까?'

그러고 20년이 지났다. 20년이 지난 지금, 험한 민원인을 무수히 많이 만났지만, 여전히 난 그런 민원인이 문을 박차고 들어오면 심장이 벌렁거리고 손이 떨린다. 그리고 그럴 때마다 옆에 있는 후배가 과거의 나처럼 심장 떨리는 나를 알아채지 않을까 신경이 쓰인다. 이 정도 경력이면 어떤 민원인이 오고, 어떤 문제가 생겨도 해결할 수 있는 선배가 되고 싶은데, 세월이 가도 안 되는 게 있었다. 그리고 갈수록 다양해지는 민원의 종류와 거세지는 민원인의 태도에 응대가 점점 더 힘들어지고 있다.

얼마 전 퇴근하려는데 사무실 근처에서 우는 소리가 들렸다. 놀라서 쳐다보니 입사한 지 채 1년이 안 된 후배가 혼자 구석에서 울고 있는 게 아닌가! 달려가 무슨 일인지 물었다. 후배는 나를 보자 서러움이 북받친 듯 꺼이꺼이 울며 말을 잇지 못했다. 한참을 울고 난 후 천천히 숨을 고르더니 어렵게 한마디씩 말을 이었다.

"오늘 이상한 민원인이…… 흑흑…… 아침부터 전화로 말도 안 되는 요구를 해서. 흑흑…… 안 된다고 했더니…… 그때부터 욕하고 고함지르고 결국 찾아와서 흑흑…… 제 이름을 묻더니 불친절로 신고한다고…… 꺼이꺼이……."

울음 속에 묻혀 중간중간 말이 끊겼지만, 무슨 말인지

다 알아들을 수 있었다. 서럽게 우는 후배를 보니 꼭 예전의 나를 보는 것 같아 마음이 아팠다.

후배가 만난 민원인은 한번 겪어 본 사람들은 다 고개를 절레절레 흔드는 유명한 악성 민원인이었다. 그는 자신의 형편이 세상에서 가장 어렵다고 말하며 법으로 안 되는 지원은 이웃돕기 성금으로, 그것도 안 되면 민간기관의 후원 서비스를 다 동원해서라도 자신이 필요한 것을 달라고 강요했다. 원하는 대로 되지 않으면 하루에도 수십 통의 민원을 넣어 답변을 요구했고, 담당 공무원을 불친절, 근무 태만 등으로 감사계에 신고하여 곤란에 빠뜨렸다. 아무리 잘못 없고 열심히 일한 직원이라도 신고가 되면 어쩔 수 없이 조사를 받았고, 말도 안 되는 수십 통의 민원서류에 답변을 해야 했다. 더 심한 건 감사관의 조치나 민원서류에 대한 답변이 마음에 들지 않으면 감사관을 다시 상부 기관에 신고했고, 답변에 추가 답변을 요구하며 문어발식으로 괴롭힘의 대상을 넓혀 갔다는 것이다. 그의 행태는 시간이 지나면서 점점 더 악랄해졌고, 이번에는 아직 아무것도 모르는 후배가 걸려든 상황이었다.

"저 어떻게 해요? 저렇게 말도 안 통하고, 무조건 신고하

겠다고 소리 지르는 사람한테는 어떻게 해야 할지 모르겠
어요. 아무리 생각해도 내가 잘못한 게 없는데······."

"넌 원칙대로 잘했다. 내일부터는 전화 오면 무조건 녹
음하고, 윗사람 바꾸라고 하면 알겠다고 바꿔 줘. 직원들한
테도 그 사람 오면 미리 영상 찍을 준비해 뒀다가 여차하면
영상 찍고, 경찰 불러 달라고 말해 두고, 절대 참지 말고. 알
겠지?"

"그러다 보복하면요?"

"보복하면 또 신고하는 수밖에······."

"다른 방법은 없어요?"

"······."

갑자기 할 말이 없었다. 신고에 신고 말고 사전에 우리를
보호하는 대책은 없었다.

"도대체 얼마나 일해야 저런 사람들이 안 무서워져요?"

"그러게. 20년이 지난 나도 아직 무섭다. 그리고 늘 듣
는 욕인데도 아무리 들어도 익숙해지지 않고 기분 나쁘
고······."

후배가 우울한 표정을 지었다.

"우리 계속 이렇게 살아야 해요?"

언젠가는 좋아질 거라 말하고 싶었지만, 헛된 희망만 줄 것 같아 말할 수 없었다.

과거와 달리 지금은 폭언, 폭행, 성희롱 등을 하는 민원인에 대한 응대 매뉴얼이 생겼고, 매년 악성 민원 대처를 위한 모의 훈련도 시행할 만큼 공무원 안전 문제에 대한 인식이 높아졌다. 그리고 몇 해 전 긴급생계 급여를 주지 않는다는 이유로 민원인이 담당 공무원을 폭행해 뇌진탕에 빠뜨린 사건이 터지면서 각 부서에 긴급벨도 설치되었다. 상담이나 업무 중 긴박한 상황이 생겼을 때 긴급벨을 누르면 바로 112에 신고되어 경찰이 출동하는 시스템이다. 그러나 악성 민원인은 매뉴얼대로 움직이지 않았고, 갑작스럽게 찾아와 폭언과 협박만 하는 민원인은 긴급벨을 눌러도 소용이 없었다. 경찰이 와도 욕설, 폭언은 입증할 방법이 없고, 공무원이 신체적으로 크게 위해를 당한 상황이 아니면 단순히 공무원과 민원인을 분리하는 정도로 마무리되기 때문이다. 우리가 받은 마음의 상처에 대한 보상과 위험에 대비한 안전은 누구도 보장해 주지 않았다.

과거에 술에 취한 사람에게 고함과 폭언을 듣고 있던 나를 물끄러미 쳐다보고 있던 한 민원인이 일이 끝난 후 조심스럽게 다가와 말했다.

"저는 캐나다에 살다 잠시 한국에 들어왔는데요. 아니, 저렇게 위험한 사람들에게 생계비 주는 공무원이 어떻게 이래 아무 방패막도 없이* 상담해요? 캐나다에서는 생계급여를 주거나 위험한 사람을 만나는 공무원은 유리막 안에서 안전하게 상담해요. 자기 생계가 걸린 일인데 그 사람들이 무슨 짓을 할 줄 알고 이래 얼굴 다 드러내 놓고 일해요?"

나는 캐나다를 가 본 적이 없어 그 말이 진실인지 확인하진 못했다. 그러나 그렇게 안전하게 상담하고 일할 수 있다면 얼마나 좋을까 하는 생각은 들었다.

얼마 전, 스페인에서 시청을 방문할 기회가 있었다. 그런데 시청을 방문하려니 며칠 전 사전 예약으로 방문 사유를 밝혀야 했고, 방문 당일에는 신분증을 확인한 후 담당자를 만나게 해 주었다. 관공서의 높은 문턱을 느끼며 이렇게까

---

* 코로나19 유행 이후 대부분의 동주민센터 민원창구에는 투명 가림막이 설치되었다. 이 글은 코로나19 발발 이전에 쓰였다.

지 하는 이유를 가이드에게 물었다. 사전 방문 예약은 당일 빠른 업무 처리를 가능하게 할 뿐만 아니라 공무원의 안전도 지키는 방법이라고 했다. 부러웠다. 이런 높은 문턱까지는 바라지 않지만, 안전하고 편안하게 민원인을 만날 수 있는 문화와 시스템이 갖춰졌으면 하는 바람이 들었다.

우리가 등 따습고 배불러서 다른 사람의 아픔을 모르는 것이 아니다. 단지 그들의 아픔을 온전히 들으며 이해하고 상담할 수 있는 안전한 공간에서 우리의 인권도 존중받으며 일하고 싶을 뿐이다. 이런 마음이 큰 욕심일까?

○

애인 있는 게

문제가 되나요?

'어려운 이웃에게 관심을…' 겨울철만 되면 거리에 나부끼는 플래카드와 홍보물. 그러나 실제는 어려운 이웃에 관한 따뜻한 관심보다, 어렵지 않은 이웃이 도움받는 것에 대한 불만 섞인 관심이 더 많은 게 현실이다.

사회복지 공무원으로 일을 시작하면서 나도 모르게 계속 공무원 업무와 복지관 업무를 비교했다. 몸을 많이 썼던 복지관과 달리 행정업무가 주인 공무원이 처음에는 더 편한 것 같았다. 또 법의 테두리 안에서 마음만 먹으면 할 수 있는 일이 많고, 권한도 컸다. 복지관처럼 후원금을 활용한 작은 예산이 아닌, 정부의 큰 예산으로 주민들을 위해 더 많은 것을 지원할 수도 있었다. 그러나 시간이 지날수록 장점으로 여겼던 부분들이 서서히 단점으로 다가왔다.

"니 돈 주는 것도 아니고 나랏돈 주면서 뭐 그렇게 까다롭노? 그냥 내가 어렵다고 하면 어려운지 알고 도와주면 되지!"

"자식들이 잘 먹고 잘사는 게 내하고 무슨 소용 있노? 자식들이 돈을 안 주는데. 열 아들보다 국가 생계비 받는 게 더 좋다고 다들 이야기하던데 나도 그 돈 좀 받게 해 도."

일부는 나이 들어 공돈 같은 나랏돈을 못 받으면 등신이라 표현하였고, 내가 못 받는 급여를 옆집 사람이 받으면 배 아파하는 경우가 허다했다.

"우리 옆집에 사는 김 씨 그 사람 보니깐 통장님이 쓰레기봉투도 갖다주고 나라미*도 받던데, 기초수급자지요? 그 사람 자기 자식이 저기 서울에서 사업하면서 부자라고 맨날 자랑하는데, 그런 사람을 왜 내가 낸 세금으로 도와줍니

---

* 정부에서 기초생활수급자, 무료급식소 등에 저렴하게 보급하는 쌀, 이전에는 정부미로 불렸다.

까? 공무원들이 맨날 책상 앞에만 앉아서 똑바로 조사도 안하니, 나랏돈이 줄줄 샌다 새."

이런 신고가 들어와 조사하면, 대부분 기초생활보장 수급자가 이웃 사람들에게 없는 사람으로 보이기 싫어 거짓말을 했거나, 자식 자랑을 부풀려 한 경우였다. 그러나 신고한 사람에게 사실을 이야기하면 우리를 믿지 않고, 똑바로 조사하지 않는 공무원의 무사안일과 업무 태만을 운운하며 우리를 나무랐다.

사회복지 일을 하면서 알게 된 놀라운 사실 중 하나는 사람들이 생각보다 이웃에 관심이 없다는 것이다. 옆집이 어떻게 사는지 얼마나 어렵고 힘든지 등에 크게 관심이 없고, 잘 몰랐다.

겨울철만 되면 어려운 이웃을 찾아 신고해 달라고 홍보하고 외치지만, 정작 주민 신고로 위기가구가 발굴되는 건은 거의 없다. 하지만 이상하게도 어려워 보이지 않는 사람이 국가 도움을 받으면, 귀신같이 알고 신고가 들어왔다.

하루는 동주민센터에 흥분한 목소리의 민원인 전화가 왔다.

"내 저 사거리 모퉁이에서 식당 하는 사람인데요. 우리 집에 정 씨 할매라고 일하는 사람이 있거든요. 내가 이 사람 고용해서 1년 동안 꼬박꼬박 월급 100만 원씩 줬는데, 이 사람이 기초수급자라네요. 우리한테 월급 받으면서도 독거노인이라고 생계비랑 쌀이랑 김치도 받는다고 자랑하는데, 기가 차서…… 내가 불쌍해서 웬만하면 신고 안 하고 참으려고 했는데 이건 아닌 것 같아서 말해요. 요즘 식당이 좀 어려워서 한 달만 월급을 좀 줄이자니 안 된다고 성질을 내네요. 아니, 나랏돈도 받고 월급도 받는 사람이 이건 아니잖아요. 일단 신고한 내용으로 조사해서 우리 집 일하는 동안 받은 생계비 다 환수하세요. 그리고 앉아서만 일하지 말고 좀 나와서 보세요. 이런 사람들이 얼마나 많은데……"

부정수급자 신고다. 정 씨 할머니는 노인이라 일을 하지 못해 소득이 없다고 신고한 기초생활보장 수급자였다. 그런데 100만 원씩 받으며 일을 했다니! 매번 초라한 모습으로 동주민센터를 찾아와 사는 게 어렵다고 이야기하며 각종 성품을 받아 간 정 씨 할머니를 떠올리니 배신당한 기분이었다.

'세상에, 월급을 100만 원이나 받으면서 생계급여도 다 받았네!'

혼자 흥분해서 당장 수급 자격을 중지하고 급여 환수를 해야겠다 마음먹었다. 그런데 다시 생각해 보니, 식당 사장은 뭐지?라는 생각이 들었다. 기초생활보장 수급자라는 사실을 알게 되면서 월급을 깎으려고 했고, 할머니가 그 말을 듣지 않으니 부정수급으로 신고한 게 아닌가? 부정수급을 한 사람도, 그것을 가지고 월급을 흥정하며 신고하는 사장도 다 똑같은 사람이었다. 혼자 씩씩거리며 할머니의 부정수급을 조사했다. 사실 특별히 조사할 것도 없었다. 식당 사장이 내놓은 장부와 통장 거래 내용만으로도 충분한 증거 자료가 되었다. 부정수급이 확인된 정 씨 할머니는 1년 동안 받았던 생계급여를 전부 환수당했고, 식당에서도 쫓겨났다. 서로가 이익을 보기 위해 맺은 관계가 순식간에 갈라지면서 상처뿐인 관계가 되었다.

이렇게 이웃에 대한 관심은 사랑과 온정보다 시기와 질투, 미움이 동반된 경우가 많았다.

부정수급 신고를 제일 처음 받은 건 입사 1년 차에 내가 직접 상담하고, 기초생활보장 수급자로 결정한 모자 가족 김미선 씨 집이었다. 미선 씨는 아르바이트를 하면서 3살 된 아이를 혼자 키우는 젊고 씩씩한 사람이었다. 혼자 열심히 사는 그녀의 삶을 응원하면서 오랜 상담 끝에 기초생활보장 수급자로 책정했었다. 그런데 그런 미선 씨를 부정수급으로 신고하는 전화가 걸려 왔다.

"○○대로 ○번지에 사는 그 예쁘장하게 생긴 아줌마 국가에서 뭐 지원받는 것 같던데, 맞아요? 그 아줌마 남편 없이 혼자 산다고 거짓말하지요? 그 여자 남자 있어요. 어제도 내가 마트에서 남자랑 팔짱 끼고 장 보는 거 봤고, 같이 집에 들어가는 것도 몇 번을 봤어요. 버젓이 우리가 다 아는데 그렇게 거짓말하고 나랏돈 받는 사람은 도와주면 안 되는 거 아닌가요? 다시 조사해서 그런 사람한테 우리 세금 안 들어가게 해 주세요!"

"네, 감사합니다. 신고자 성함이……."

뚜뚜뚜—

누군지 밝히지도 않고, 자기 할 말만 하고 끊었다. 기초생활보장 수급자로 책정할 때 혼자 애쓰며 사는 모습이 안쓰러워 마음을 담아 책정한 사람인데 사실상 혼인 관계라니. 괜한 원망과 내가 놓친 부분이 있었나 싶어 마음이 혼란스러웠다.

사실상 혼인 관계는 법적으로 혼인한 사실은 없지만, 실질적으로는 생계와 주거를 함께하며 혼인 관계를 유지하고 있는 관계다. 사실 그때 나는 사실혼이라는 개념을 정확히 이해하지도 못한 채 신고된 내용을 조사하기 시작했다. 미선 씨에게 같이 사는 남자가 있다면 마음은 불편하지만 부정수급자로 결정할 각오로 전화를 했다.

"안녕하세요? 그동안 잘 지내셨어요? 내일 오전에 방문 상담을 하려고 하는데 혹시 집에 계실까요?"

"네, 근데 왜 그러시나요?"

"아, 내일 가서 말씀드릴게요."

"네. 그럼 내일 10시 30분까지 오세요."

미선 씨 집을 방문하기 전에 선배 공무원에게 사실혼을 확인하려면 어떻게 해야 하는지 물었다. 선배는 일단 집 안을 들어가면서 거주하는 남자의 흔적, 예를 들어 옷, 신발 등이 있는지 샅샅이 살핀 후 상담해야 한다 했다.

다음 날 선배의 말을 머릿속에 새긴 후, 무거운 마음으로 미선 씨 집을 방문했다.

"안녕하세요."

입구에서 어색한 인사를 하고 조용히 집 안으로 들어갔다. 천천히 들어가면서 나는 매의 눈으로 현관부터 방까지 빠른 속도로 집 안을 스캔하기 시작했다.

'현관에 남자 신발이 없고, 음⋯⋯. 문이 열린 작은 방 벽에 걸린 옷도 없고⋯⋯. 이제 뭘 봐야 하지?'

혹시나 상대방이 마음 상하지 않도록 조심스럽게 집 안 구석구석을 살폈다.

"집이 참 아담하고 깨끗하네요. 화장실이 어디예요?"

"이쪽입니다."

그녀가 화장실 문을 열어 주었다. 손 씻는 척하며 들어가 전체를 슥 훑었더니, 칫솔꽂이에 꽂힌 칫솔 세 개가 보였다.

'앗! 칫솔이 세 개네. 어른 칫솔 두 개, 아이 칫솔 한 개. 됐다, 남자가 있네.'

확실한 증거를 잡았다고 생각하며 화장실을 나와, 안방에서 미선 씨와 마주 앉았다. 막상 자리에 앉자 어떤 말부터 꺼내야 할지 조심스러웠다.

"집이 깨끗하네요. 기초수급자가 되고 생계비를 몇 개월 동안 받으셨는데, 생활하는 데 도움이 좀 되셨어요? 특별히 불편한 건 없으셨어요?"

"네, 도움이 많이 되고, 특별히 불편한 건 없습니다."

의례적인 질문과 대답을 하며 대화를 이어 나가다가 조심히 이야기를 꺼냈다.

"음……. 혹시 집에 같이 사는 남자가 있으신가요?"

"아뇨. 왜요?"

"아, 사실은 어제 저희 쪽에 미선 씨가 남자랑 같이 산다고 신고가 들어왔어요. 주말에 남자랑 마트에서 장 보는 것을 봤고, 집에도 같이 들어가는 걸 자주 봤다고……. 그런데 저도 보니 화장실에 칫솔이 세 개 있어서……."

"예? 마트에 남자랑 같이 가고, 집에 칫솔이 세 개면 남자랑 같이 사는 건가요?"

"그건 아니지만, 통상적으로……."

순간 말을 잘못한 것 같은 느낌이 들었다. 어렵게 말을 꺼냈지만, 더 이어 가지는 못했다. 미선 씨 눈빛도 살짝 흔들렸다.

"누가 그런 말을 해요?"

"누구라고 말씀드릴 수는 없어요. 그리고 원래 주변에서 이런저런 신고가 많이 들어옵니다."

"그래서 남자 있으니 수급자 탈락시키라던가요?"

"아, 그런 건 아닙니다. 그냥 저희 보고 조사해 달라고 했습니다."

조사자인 내가 심문을 받는 것처럼 등에서 식은땀이 흘렀다.

"선생님, 하나만 물어볼게요. 법에 애인 있는 여자는 수급자로 보호하면 안 된다고 되어 있나요?"

"아, 아니요……. 그런 건 없습니다."

순간 말문이 막혔다. 국민기초생활보장법에서 인정하는 가구 단위에 배우자(사실상 혼인 관계에 있는 사람을 포함한다)라고 되어 있긴 하지만 애인에 대한 사항은 당연히 없다.

"선생님, 기초수급자가 애인 있는 게 문제가 되면 저 중지해 주세요. 저 애인 있습니다. 이혼하고 혼자 애 키우면서 힘들면 가끔 만나 술 한잔하고, 전등 나가면 와서 갈아 주고, 마트 같이 가서 무거운 짐 들어 주는 애인 있습니다. 그런데 그게 문제가 된다면 저 그런 지원, 안 받을랍니다."

"애인 있으면 안 된다는 법은 없어요. 단지 사실상 혼인 관계 여부를 조사하고 확인해야 해서 나왔습니다."

"사실상 혼인 관계랑 애인을 어떤 기준으로 판단하는지

모르겠지만, 그 사람과 전 서로 도와주고 좋아하는, 그냥 애인 사이입니다.”

“네. 솔직히 말씀해 주셔서 감사합니다.”

더는 미선 씨와 마주 보며 말을 이어 가기가 어려웠다. 급하게 조사를 마무리하고 집을 나오는데, 얼굴이 화끈거리면서 이 상황을 어떻게 이해하고 처리할지 몰라 머리가 하얬다. 애인과 사실상 혼인 관계를 어떻게 구분해야 하는지도 모르면서 칫솔 개수로 괜한 상처를 준 것 같아 미안한 마음이 들었다. 눈물을 글썽거리며 애인 있으니 기초수급자 자격을 중지해 달라던 미선 씨 얼굴이 자꾸 아른거렸다.

‘혼자 힘들고 어렵게 아이를 키우면서 만나는 애인이 있는 부분까지 우리가 파헤쳐 가면서 조사해야 하는 걸까? 그게 수급자 자격에 문제가 되나? 그리고 사실상 혼인 관계는 어떤 부분을 보고 찾아서 조사해야 하지?’

사무실로 돌아와 선배에게 미선 씨 이야기를 했더니 선배는 아무렇지 않게 말했다.

“사실혼 관계 확인 어렵지! 참 어렵다. 또 본인이 아니라고 하면 어쩔 수 없는 게 사실혼이고. 누가 봐도 명백하게 같이 살고, 본인들도 인정하면 몰라도 우리가 24시간 잠복 근무해서 잡아낼 수도 없고, 조사할 방법이 없다. 또, 잠복 근무해서 같이 있는 모습을 봤다고 한들, 하루만 자고 갔다 하면 뭐라 할 건데? 본인이 절대 아니라고 하면 진짜 어쩔 수 없는 게 사실혼이다. 오늘 큰 공부 하나 했네.”

사실상 혼인 관계, 적어도 주민등록상 동거인으로 등재되어 있거나, 생계를 공유하고, 두 사람 모두 인정하는 관계가 아니면 솔직히 지금도 조사해서 밝히기가 어렵다. 그러나 법령과 업무 지침에는 이 어려운 걸 아주 간단하게 적어 뒀다.

국민기초생활보장 수급자 가구원 인정 범위

- 배우자(사실상 혼인 관계에 있는 사람도 포함)

쓰인 글자 수만큼 일이 쉽다면 무수한 고민의 시간을 줄이고, 그들에게 상처 주는 일도 없을 텐데 하는 아쉬움이 남았다. 결국 난 미선 씨의 기초생활보장 수급 자격을 중지하지 못했다. 아니, 중지할 수 없었다.

세월이 지난 지금도, 갓 입사한 신입의 열정만으로 정확한 판단 기준도 없이 칫솔 숫자를 거론하며 미선 씨를 부정

수급자로 의심했던 나를 생각하면 부끄럽고 미안한 마음이
든다.

그리고 그녀가 지금도 어딘가에서 아이와 씩씩하고 행복
하게 잘 살아가고 있길 진심으로 응원한다.

O

추억을 비추는

작은 손거울

고된 현실이 아닌 아름다운 추억만을 비추는 마법 같은 작은 손거울이 있었다. 그녀는 그 거울 덕분에 더 당당하고 아름답게 생을 살아갈 수 있었다.

"신 양아! 내가 왕년에는 말이야."

"네, 네, 할머니, 명동 최고의 디자이너, 길을 지나갈 때마다 남자들이 쳐다봐서 귀찮았지요?"

"그래그래. 니 우째 알았노? 내가 길을 지나가면 남자들이 가던 길을 멈추고 내를 다 쳐다보는데, 니는 그 기분을 모를끼다."

　이복자 할머니는 항상 '왕년에'로 이야기를 시작한다. 서
울에서 미용 디자이너로 일하다 자수성가하여 명동에 미용
실을 차린 재력가, 길을 걸으면 남자들이 가던 길을 멈추고
힐긋힐긋 쳐다봐 귀찮을 정도였던 미모의 소유자, 그렇게
눈길 주는 남자들이 우습게 보여 결혼도 하지 않은 당시 최
고의 신여성, 이복자!

　할머니는 만나는 사람마다 50년 전 이복자에 대해 아주
상세하게 이야기했다.

　이복자 할머니는 내가 공무원이 되기 전, 복지관 사회복
지사로 일할 때부터 알고 지낸 아주 오래된 인연이었다. 왕
년에 이복자는 가장 화려했던 그때, 불의의 교통사고로 두
다리를 잃었다. 그녀는 자신의 전 재산을 들여서라도 다리
를 되살리고 싶었지만 소용없었다. 결국 모아 둔 재산은 병
원비로 다 써 버렸다. 그녀는 오랜 시간 정부 지원금에 의
지해 홀로 단칸방에 살고 있었다. 미니스커트만 입었다는
길고 날씬했던 그녀의 두 다리는 가느다란 형체만 유지한
채, 근육질의 거대한 상체 밑에 과거의 흔적처럼 붙어 있었

다. 누가 봐도 안쓰러운 마음이 드는 할머니였다.

그러나 그녀와 몇 마디 나누고 나면 누구도 그녀가 불쌍하거나 안쓰럽다고 생각하지 않았다. 오히려 그녀의 큰 목소리와 당당함에 놀라 기가 죽어 나왔다.

복지관에서 근무할 때 혼자 식사를 챙기기 어려운 분을 위해 도시락을 만들어 배달하는 서비스가 있었다. 거동을 못 하는 이복자 할머니는 당연히 도시락 배달 대상자였다. 그런데 처음 할머니 집에 배달을 가는 자원봉사자들은 늘 울상이 되어 돌아왔다.

"오늘 이복자 할머니 댁에 갔는데, 반찬이 마음에 안 든다고 엄청나게 야단쳤어요. 내일도 제가 가는 날인데, 무서워서 못 가겠어요. 이복자 할머니 댁만 복지사님이 대신 가주시면 안 될까요?"

이복자 할머니가 어떤 분인지 알기에 그런 날은 내가 직접 도시락을 배달했다. 할머니는 도시락이 도착하면 일단 반찬 뚜껑을 먼저 열었다.

"신 양아, 내 이가 약해서 이런 딱딱한 반찬 못 먹는다고 했나, 안 했나? 어제도 말했는데 또 봐라. 이건 먹으라고 주는 게 아니고, 못 먹는 거 주면서 사람을 놀리는 기다. 안 먹는다. 마 치아라."

할머니는 도시락을 손으로 내쳤다.

"할머니, 도시락을 할머니 한 분만 보고 만드는 게 아니라서 매일 할머니 입맛에 딱 맞출 수가 없어요. 오늘은 딱딱한 반찬만 빼고 드세요. 뭐라도 드셔야 이래 큰소리라도 치면서 살지요."

"저거 봐라. 니 지금 내 보고 큰소리친다고 뭐라 하는기제? 시끄럽다 마. 안 묵는다."

반찬 투정에 서로 옥신각신하지만, 결국 못 이기는 척 밥숟가락을 뜨곤 했다. 그러나 아무도 할머니가 유별나다고 말하거나, 싫다 하지 않았다. 할머니는 건강한 우리보다 더 당당하게 세상을 살아 내고 있었다.

그런 이복자 할머니를 다시 만난 건 사회복지 공무원이 되어 할머니가 사는 동으로 발령받으면서였다. 발령받고 제일 먼저 기초수급자 명단에서 할머니를 찾았고, 여전히 그 집에 살고 계신 할머니 이름을 보고 반가워 바로 전화했다.

"안녕하세요. 동주민센터 사회복지 담당자 신아현입니다."

"예, 그런데요?"

퉁명스러움이 예전 그대로였다. 할머니는 늘 나를 신 양이라고 불렀기에, 신아현이라는 내 이름을 정확히 기억하지 못했다.

"네, 할머니, 제가 이번에 발령받아 와서 할머니를 뵙고 싶은데 오늘 방문해도 될까요?"

"내를요? 내를 만다꼬 보러 오는데요?"

"할머니가 혼자 계시니 잘 지내시나 보고 싶어서요."

"올라면 오소. 내는 맨날 집에만 있으니!"

분명 누군가 오는 게 좋으면서, 싫은 듯 내뱉는 할머니의 목소리에 웃음이 나왔다.

세월이 흘러 할머니를 못 본 지 10년이 되었다. 지금도 그때처럼 건강한지, 여전히 복지관에서 반찬 배달이 오고, 계속 반찬 투정을 하는지 궁금해하며 할머니 집을 찾아갔다. 할머니 집 대문은 10년 전 그때처럼 빼꼼히 열려 있었다. 누가 찾아와도 직접 문을 열어 줄 수 없는 할머니는 늘 집에 오는 사람들에게 대문을 열린 듯 열리지 않은 듯 살짝만 닫아 두라고 부탁했었다. 나는 그 문을 잡고 삐걱 소리를 내며 들어갔다.

"할머니!"

"야! 들어오소."

할머니의 목소리는 그대로였다. 방문을 열고 웃으며 인사하자 할머니는 깜짝 놀라며 소리쳤다.

"어? 이게 누고? 니 복지관 신 양 아이가? 그만뒀다던데 우째 다시 왔노?"

"복지관은 그만뒀는데 동사무소 사회복지 공무원으로 다시 왔어요."

"아이고! 그 어려운 공무원 시험에 붙었드나? 잘했네. 잘했어. 이제 자주 보겠네."

세월이 흘러 늘어난 주름은 어쩔 수 없지만, 할머니의 당당한 모습은 그대로였다. 그리고 할머니 옆에 있는 작은 손거울도 그대로 있었다. 할머니는 시간만 나면 작은 손거울로 이마, 눈, 코, 입 등 얼굴 전체를 훑은 후 짧고 하얀 머리카락을 귀 뒤로 쓸어 넘기며 씩 웃었다. 그리고 늘 같은 말을 했다.

"내가 왕년에 말이야."

그런 할머니를 다시 볼 수 있어 좋았고, 여전히 손거울이 할머니 곁을 지키고 있어 감사했다. 할머니와 나란히 앉아 10년 동안 서로 변하지 않은 곳을 찾으며 한참을 이야기했다. 풋풋한 신규 사회복지사였던 그때, 열정과 사랑을 쏟았던 대상자 중 한 분이 이복자 할머니였다. 그런 할머니를 만나니 그 시절로 다시 돌아간 듯 기뻤다.

이후 할머니는 내가 동주민센터에 있다는 사실이 든든했는지 수시로 전화를 걸어 왔다.

"신 양아! 오늘은 우리 집 올 일 없나?"

"신 양아! 이번 달 생계급여가 제대로 들어왔는지 확인 좀 해 도! 지난달보다 돈이 적은 게 이상하다."

작고 사소한 일로 계속 전화가 오면 귀찮을 법도 한데 할머니의 전화는 이상하게 싫지 않았다. 늘 한결같은 목소리에 웃음만 나올 뿐.

그러던 어느 날, 할머니가 힘없는 목소리로 말했다.

"신 양아! 내 똥구멍 좀 막게 김밥 좀 사 가 온나."

"예? 그게 무슨 말이에요?"

"일주일째 뭘 먹기만 하면 계속 설사가 나오네. 김밥 먹고 똥구멍을 확 막게 김밥 두 줄만 좀 사 온나."

김밥으로 설사를 막는다는 말에 어이가 없었다.

"할머니, 설사하면 약을 드시든지 병원을 가셔야죠. 김밥 먹으면 더 탈 나요. 요양보호사한테 이야기해서 병원에 모시고 가 달라고 할게요."

"아이다. 내 몸은 내가 제일 잘 안다. 다른 거 다 필요 없고 딱 김밥 두 줄만 먹으면 된다. 퍼뜩 김밥 좀 사 온나."

김밥 먹는 건 아니라고 말했지만 소용없었다. 결국 집까지 찾아가 병원에 가자고 했다. 그러나 할머니의 고집은 꺾을 수 없었다.

"신 양아! 진짜 김밥 좀 사 도."

나는 안 된다는 걸 알면서 할머니의 부탁을 들어주었다.

"신 양아. 고맙다. 내가 이런 일이 한두 번이 아닌데 진짜 김밥만 먹으면 낫는다. 개안타."

장에 탈이 난 것 같은데 김밥을 드신다는 게 이해가 되지 않았지만, 할머니가 워낙 강하게 이야기하니 진짜 그런가 싶은 생각도 살짝 들었다. 그렇게 김밥을 사 드리고 며칠이 지나, 할머니가 괜찮아졌는지 궁금했다. 안부 확인도 할 겸 전화했는데 전화벨만 끝없이 울릴 뿐 전화를 받지 않았다. 몇 번을 해 보았지만 마찬가지였다. 순간 장에 큰 문제가 생긴 건 아닌지, 혹시 김밥 때문에 무슨 일이 생긴 건 아닌지 겁이 덜컥 났다. 부랴부랴 할머니 집으로 뛰어가 문고리를 잡았다. 지금까지 한 번도 잠겨 있지 않던 할머니 대문이 단단히 잠겨 있었다.

'한 번도 대문을 잠근 적이 없는데······.'

잠긴 문고리를 잡은 채 걱정과 죄책감에 쉽게 자리를 뜰 수 없었다. 문득 할머니를 돌보던 요양보호사가 생각나 전화를 해 보았다.

"아, 동주민센터이신가요? 할머니가 한동안 장에 탈이 나서 고생하다가 도저히 안 나아서 병원에 입원했었어요. 그런데 의사 선생님이 이젠 할머니 혼자 생활하기가 더 어려울 거라고 하셔서 며칠 전 요양병원으로 가셨어요. 그리고 참, 신 선생님이시죠? 할머니가 병원 가시면서 신 선생님한테는 김밥 맛있게 잘 먹었다고 전해 달라 했는데 제가 깜박했네요."

갑자기 울컥하며 알 수 없는 감정이 북받쳐 올랐다. 할머니는 김밥을 사 준 죄책감에 걱정하고 불안해 할 나를 이미 알고 있었다.

할머니는 요양병원 입원 이후 다시는 집으로 돌아오지 못했다. 그리고 이젠 주소도 병원으로 옮겨 더는 할머니의 소식을 알 수가 없다. 세월이 더 흐른 지금, 어쩌면 이 세상에 계시지 않을지도 모른다. 하지만 할머니는 어디에 계시든 그 작은 손거울에 이마, 눈, 코, 입을 비추면서 50년 전, 왕년의 이복자를 그리며 머리를 쓸어 넘기고 있을 것이다. 그러다 나와 눈이라도 마주치면 큰 소리로 말할 것 같다.

"신 양아. 내 이런 거 안 먹는다 했제! 갖고 가라 마. 치아라."

할머니의 당당한 목소리가 지금도 귓가를 스친다.

괜찮다 괜찮다 나는 안 괜찮다

생을 살아 내는 건 쉽지 않다. 외롭고 힘들고 때론 포기하고 싶을 때도 있다. 그러나 이 세상에 태어났다는 이유만으로 축하해 주는 누군가가 있다면, 그것만으로 살아갈 이유는 충분했다.

생일 축하합니다.

생일 축하합니다.

사랑하는 우리 엄마! 생일 축하합니다.

언제 들어도 따스한 사랑과 행복이 넘치는 생일 축하곡

이다.

어릴 때는 케이크 먹는 게 마냥 좋아 가족의 생일을 기다렸고, 학창 시절에는 친구와 진한 우정을 나누는 기쁨에 생일을 기다렸다. 그러나 나이를 먹으면서 누구나 다 있는 생일에 큰 의미를 부여하는 게 이상했고, 생일이라 유난 떠는 건 유치하게 느껴지기도 했다. 이런 생일에 관한 생각이 다시 바뀐 건 아이를 낳으면서부터다. 아이를 낳아 작고 따뜻한 핏덩이를 품에 안는 순간, 누군가가 세상에 태어난다는 것이, 이 짧은 생을 함께한다는 것이 얼마나 경이롭고 소중한 일인지 새삼 깨닫게 되었다. 그때부터 생일은 누구에게나 다 있는 그저 그런 날이 아닌, 한 사람 한 사람에게 그 어떤 날보다 의미 있고 중요한 날이라고 생각하게 되었다.

바람마저 사랑스러운 봄날, 혼자 사시는 어르신 집으로 가정방문을 갔다. 그분들 중에는 자주 동주민센터를 찾아와 자신의 이야기를 잘하는 분도 있지만, 전화나 방문을 하지 않으면 생사조차 확인되지 않는 분도 있다. 김인자 할머니는 후자의 경우였다. 일흔 살이 넘은 연세로 혼자 사시지만, 동주민센터를 거의 오지 않아 건강 상태와 생활실태 등을 확인하기 위해 가정방문이 필요했다. 봄날의 외출처럼 가벼운 마음으로 할머니 집을 방문하기 위해 갔다. 집 앞에 도착해 할머니를 부르며 작은 새시 대문을 살짝 열었다. 대문 안에는 어른 한 명 간신히 서 있을 정도의 작은 부엌이 있었다. 낡은 싱크대, 아니 싱크대라고 말하기도 민망한 낡은 선반 위에는 깨끗하게 닦인 가스레인지와 된장찌개가 담겼을 것 같은 냄비가 놓여 있었다.

"할머니, 할머니?"

뒤늦게 부르는 소리를 들은 할머니는 머리가 닿을 것 같은 낮은 방문 사이로 조심히 걸어 나왔다.

"동주민센터에서 무슨 일로?"

"네, 할머니 잘 계시는지, 불편한 건 없는지 살펴보려고 왔어요."

"혼자 사는 할매 뭐 볼 게 있다고……."

조용히 말하며 방으로 들어가는 할머니의 뒤를 따라 들어갔다.

부엌 바닥에 있는 디딤돌을 밟고 들어간 방은 성인 두 명이 누우면 딱 맞을 것처럼 작았다. 방 안에 있는 거라곤 이불 한 채와 작은 옷장, 선반 위의 텔레비전이 전부였다. 텔레비전 위에는 옆집 콘크리트 벽이 보이는 작은 창문이 있었다. 각진 이불과 깨끗하게 정리된 방 안 곳곳에 할머니의 외로움과 쓸쓸함이 묻어 있었다. 할머니는 젊은 시절 남편의 폭력을 견디지 못해 젖먹이를 두고 집을 나와 버렸다. 그 후 남편이 자신을 찾을까 두려워 주소를 한곳에 두지 못한 채 이 집 저 집 떠돌며 허드렛일을 해 왔다. 나이가 들어더는 일을 하지 못해 기초생활보장 수급자가 되었고, 늘 그렇게 혼자 집에 있었다. 자녀들은 집을 나온 이후 보지 못했고 시댁과 남편이 자신을 바람 나서 나간 엄마라고 세뇌했다는 말만 들었다. 아이들에 대한 그리움은 오래전에 가슴에 묻었다. 할머니와 여러 이야기를 나누다가 우연히 할머니 주민등록번호에 시선이 멈췄다.

'420409, 오늘은 4월 9일.'

"할머니, 오늘 생일이에요?"

"생일? 모르겠는데. 그런 걸 생각하면서 살아 본 적이 없어서……."

혼자 살아도 나이가 많아도 분명 생일이 있는데, 생각해본 적이 없어 모른다는 말에 적잖은 충격을 받았다. 그리고 생일이 의미 없을 만큼 외롭게 살아온 할머니의 인생이 애잔하게 느껴졌다.

할머니와 이야기를 나누고 돌아오는데, 갑자기 할머니 생신을 챙겨 드려야겠다는 생각이 들었다. 동주민센터로 돌아오자마자 바로 이웃돕기 후원 회장님에게 전화를 걸었다.

"회장님, 저한테 1년에 100만 원만 후원해 주세요."

"갑자기 100만 원을? 추석, 설에 100만 원씩 후원하는데 돈이 더 필요합니까? 어디 쓰려고요?"

"우리 동에 가족 없이 혼자 사는 어르신 스무 명에게 생신 당일 직접 찾아가 생일 파티를 해 드리고 싶어서요."

"새마을부녀회에서 매년 독거노인 생일잔치 해 주는데 생일을 또 챙길 필요가 있어요?"

"그건 다 모아서 그냥 밥 먹는 경로잔치 개념이잖아요. 회장님도 생신날 가족들 모여서 밥 먹고 하시죠? 저도 혼자 계시는 어르신들 생신날 찾아가서 선물 드리고 노래도 불러 드리면 좋을 것 같아서요."

회장님은 의도가 좋다며 회원들과 의논해서 연락해 준다고 하셨다. 그리고 얼마 지나지 않아 1년에 100만 원을 후원하겠다고 했다.

그때부터 그 동주민센터에 근무한 3년 동안, 혼자 사시는 어르신 스무 명의 실제 생일을 음력, 양력까지 파악한 후 생일 당일 방문했다. 떡케이크와 계절별 내의를 선물하며 생일 축하 노래도 직접 불러 주었다.

공무원이 생일날 케이크를 들고 와서 노래까지 불러 준다고? 처음에는 할머니들이 나를 이상하게 생각했고, 생일 축하곡을 듣는 것도 부끄러워했다. 그러나 다음 해에는 방문한다는 연락을 좋아했고, 그 다음해에는 요구르트까지 사 두고 기다렸다.

이남옥 할머니도 그랬다. 오랫동안 외부와 단절한 채 생활하였고 담당자의 방문이나 전화도 반기지 않는 분이었다. 그런 할머니에게 생일날 방문하겠다고 전화하니 화까지 내셨다.

"생일 그런 거 난 필요도 없고, 온몸이 아파서 다 귀찮으니 절대 오지 마소. 꼭 할 말 있으면 전화로만 하고……. 그라고 제발 내 좀 귀찮게 하지 마소!"

전화기 너머로 철저하게 나를, 아니 외부인을 꺼리는 진심이 느껴져 살짝 고민하였다. 그러나 그럴수록 꼭 가 봐야겠다는 생각에 다음 날 할머니 댁을 찾아갔다.

집 대문을 열고 얼굴을 빼꼼히 내밀면서 할머니를 불렀다.

"할머니, 할머니."

그런데 이남옥 할머니가 방 안에서 기어 나오는 게 아닌가. 무릎이 아파 잘 걷지 못하는 할머니는 방에서 거의 기어다니며 생활하고 계셨다. 할머니는 나를 보고 짜증 섞인 목소리로 화를 냈다.

"아니, 오지 말라고 했는데 뭐 하는 짓이고? 오지 말라 했잖아."

"죄송해요, 할머니. 할머니 얼굴 뵀으니, 생신 선물만 두고 갈게요."

이남옥 할머니는 불쾌해하고 기분 나빠했지만, 가라는 말은 하지 않았다. 눈치를 보며 조심스럽게 다시 물었다.

"할머니, 이왕 이렇게 왔으니 밖에 서서 케이크에 초 켜고 노래만 불러 드리면 안 될까요? 그래도 오늘 생신이잖아요."

"참! 오지 말라 했는데 와 가지고. 집에 온 사람을 우째 물 한 잔도 안 먹이고 보내요? 마 들어오소."

그 시대의 할머니들은 싫든 좋든 집에 오는 사람을 맨입으로 보내지 못했다.

간신히 허락받고 집 안으로 들어가 할머니와 몇 마디 이야기를 나누었다. 이야기를 나누다 보니 할머니가 왜 그토록 가정방문을 거부했는지 알 수 있었다. 할머니는 몇 해 전부터 무릎 통증이 심해 집 안을 기어다녔고, 자존심 강한 할머니는 그런 모습을 누군가에게 보이기 싫었다. 아프면서 점점 초라해지는 자신의 모습을 숨긴 채 밖으로 나가는 것도 누군가 오는 것도 거부하면서 서서히 외부와 단절되어 가고 있었다. 불편한 몸임에도 깨끗하게 정리된 방을 보니 할머니의 깔끔한 성격과 강한 자존심을 느낄 수 있었다.

사람이 싫어서가 아니고 싫어할 수밖에 없는 할머니의 상황을 이해하게 되자 화내는 할머니가 안쓰러웠다. 그래서 어느 때보다 더 철없는 아이처럼 생일 축하 노래를 부른 후, 할머니가 초를 편하게 끌 수 있도록 케이크를 할머니 입 가까이 쭉 내밀었다.

"뭐 할라고 와서 참⋯⋯."

원망하듯 말하며 초를 부는 할머니 입꼬리가 살짝 올라갔다.

'됐다. 좋아하시는구나!'

다음 해 생신날, 또 할머니에게 전화했다.

"뭐? 또 온다고?"

온다는 말에 놀라는 듯했지만 거부하지 않는 건 확실했다. 케이크와 선물을 들고 할머니 댁을 들어가니, 이번에는 부끄러워하며 냉장고에서 요구르트를 꺼내 주셨다. 냉장고 안의 10개 묶음 요구르트를 보니 우리가 오길 기다리며 미리 사 놓은 걸 알 수 있었다. 그리고 작년과 달리 내가 생일 축하곡을 부르는 동안 환하게 웃고 계셨다.

늘 딱딱하고 무표정한 얼굴만 보다가 환한 웃음을 보니 괜히 울컥한 마음에 하마터면 할머니 앞에서 눈물을 흘릴 뻔했다.

그렇게 또 1년이 지나 세 번째 할머니 생신을 축하해 주기 위해 방문 전화를 했다. 그런데 이번에는 할머니가 뜻밖의 제안을 했다.

"우리 내일은 집 말고 칼국수 집에서 보자. 내 작대기 짚고 조심히 걸어 나가 볼게."

집에 오는 것도 거절한 할머니가 집 밖에서 보자고 하다니. 이제 조금씩 세상에 마음을 열기 시작한 할머니가 고마웠다. 그러나 거동이 불편한 할머니가 시장까지 걸어오는 게 마음에 걸렸다. 그리고 칼국수를 먹고 난 후 칼국수값을 할머니가 내려고 할 게 뻔해 부담스러웠다.

"할머니, 내일은 제가 점심 약속이 있어서 칼국수는 못 먹겠는데……."

"그러면 할 수 없지, 뭐."

마음이 불편해 할머니의 제안을 거절했지만, 왠지 더 마음이 불편했다. 다음 날 할머니 집을 방문하니, 할머니의 표정이 썩 좋지 않았다.

"할머니, 칼국수가 드시고 싶었어요?"

"칼국수가 먹고 싶기보다, 니한테 칼국수 한 그릇 사 주고 싶어서 그렇지. 내 평생 생일을 챙겨 준 사람은 니가 처음이라 고마워서……."

갑자기 할머니가 눈물을 흘려서 주책스럽게 나도 같이 울었다. 그렇게 이남옥 할머니의 생일을 세 번 챙긴 후 인사 발령이 났다. 동주민센터를 떠나기 전 마지막으로 할머니에게 전화를 걸었다.

"할머니, 저 발령 나서 이제 할머니 댁 못 가요. 다음 담당자도 좋은 분이라 잘 챙겨 드릴 거예요. 항상 건강하게 잘 계세요."

"이제 못 보나? 칼국수도 한 그릇 못 사 줬는데……."

마지막까지 칼국수 한 그릇을 사 주고 싶어 한 할머니의 마음을 알게 되니, 그 제안을 거절한 나의 소심함이 원망스러웠다.

그때 내가 근무했던 동에서는 지금도 행복한 생신상 사업을 계속 추진하고 있다. 아직도 이남옥 할머니가 생신상을 받고 있는지, 가끔 시장에 외출은 나가는지 궁금하지만, 알아보지 않았다. 가끔 나를 기다릴까 하는 뜬금없는 기대에 전화해 보고 싶은 마음이 들 때도 있지만 그럴 순 없다. 여러 동주민센터를 옮겨 다니며 일하는 우리는 거쳐 간 동의 민원인까지 챙기기가 어렵고, 챙기고 싶어도 현재 그 동을 위해 열심히 일하는 담당자에게 실례가 되는 부분도 있어 그들에 관해 묻기는 쉽지 않다.

그러나 늘 그들에 대한 추억과 그리움은 한 폭의 그림처럼 머리와 마음에 남아 있다.

오늘은 유난히 이남옥 할머니의 화내는 듯 웃는 웃음이 그립다.

○

너는 내게

그 무엇이 되어

아무 대책 없이 시간이 흘렀다. 불안, 걱정, 두려움도 지나가고 모든 것은 일어나야 하는 순리대로 일어났다. 그리고 너는 그 무엇이 되어 내게로 조용히 다가왔다.

시련은 누구에게나 오지만, 모두에게 같은 크기로 오지는 않는다. 누군가에게는 이겨 낼 수 있을 만큼의 크기로 다가오고, 또 누군가에게는 지독하리만큼 독하게 찾아와 오랫동안 그들의 삶을 갉아먹는다. 소현이는 태어날 때부터 어려움을 지닌 채 삶을 시작했고, 그것을 극복할 힘을 얻기도 어려웠다. 소현이는 일상생활을 제대로 하지 못하는 지적장애인 부모님 밑에서 태어나 어린 시절 보육시설에서 자랐다. 학교 갈 나이가 되어 부모님 집으로 돌아왔지만, 부모님은 그녀를 제대로 보호하거나 교육할 능력이 없었다. 게다가 소현이의 집은 정부의 땅에 허가 없이 집을 지어 마을을 이룬 무허가 주택촌으로, 마을 사람들 모두 공동화장실을 쓰는 주거 환경이었다.

소현이는 초등학교를 졸업하고 중학생이 된 이후 수시로 집을 나가 외박을 했다. 그러나 부모님은 그녀의 외박에 큰 관심이 없었다. 어쩌면 자신의 딸이 집에 있는지 없는지조차 인지하지 못했을지도 모른다. 소현이의 삶은 부모, 형제, 가족이 아닌 주변에 있는 친구들을 통해 이어지고 있었다.

솔직히 나도 여자 경찰관의 전화를 받기 전까지는 소현이의 삶에 큰 관심이 없었다. 그저 지적장애인 부모와 학생인 딸이 함께 사는 3인 가구 기초생활보장 수급자로 생각해, 때 되면 생계급여가 잘 들어가는지 정도만 챙겼다.

"사회복지사 선생님이세요? 여기 경찰선데요. 지금 PC방에서 무전취식하다 신고된 여자아이를 조사 중인데, 아무래도 이 애가 임신한 것 같아요. 이야기하다 보니 기초수급자라고 해서 전화했어요. 혹시 저희가 데리고 가면 상담 좀 해 주실 수 있나요?"

오랜만에 조용한 사무실에서 밀린 서류를 정리하고 있을 때 걸려 온 경찰관의 전화에 왠지 생각지 못한 일이 벌어질 것 같은 싸한 느낌이 들었다.

"이름이 뭐라고 하던가요?"

"이소현이라네요."

"알겠습니다. 아이를 데리고 오면 상담해 보겠습니다."

전화를 끊고 소현이의 자료를 찾아보았다. 중학교를 중퇴한 17세 여자아이로 지적장애가 있는 부모님과 살고 있었다. 기본적인 가족 사항을 확인한 후 그녀의 모습을 상상하며 경찰관이 오기를 기다렸다.

잠시 후 열일곱 살의 앳된 여자아이가 여자 경찰관과 함께 동주민센터로 들어왔다. 깡마른 몸에 배만 볼록 튀어나온 것이 한눈에 봐도 임신부였다. 함께 온 경찰관은 조심스레 다가와 잘 부탁한다며 눈을 찡긋하고 떠났다. 나는 어색하게 소현이와 마주 앉았다.

"네가 소현이구나! 여기 왜 왔는지 알고 있어?"

"몰라요."

"오늘 PC방에서 돈 안 내고 라면이랑 과자 먹다가 경찰서 갔다며?"

"네."

"음....... 소현아! 경찰관도 그렇게 말하고, 선생님이 보기엔 네가 임신한 거 같은데, 혹시 임신한 거 알고 있어?"

"아니요."

"그러면 몸이 이상하다는 생각은 했어?"

"그냥 배가 계속 고팠어요."

"그러면 임신할 수 있다고 생각은 했어?"

"아니요."

소현이는 자신이 임신할 수 있다는 것도, 임신을 한 것도 몰랐다. 그냥 배가 자주 고팠고, 배가 고파 밥을 많이 먹었고, 밥을 많이 먹어 배가 나왔다고 생각하고 있었다. 소현이와 간단하게 이야기를 나눈 후 함께 근처 산부인과로 향했다. 다행히 소현이는 대화하는 데 거부감이 없었고 병원도 순순히 잘 따라왔다. 의사 선생님께 간단히 상황을 설명하고, 초음파 검사를 시작했다. 결과는 임신 7개월이었다. 소현이는 초음파 검사로 배 속에 있는 아이를 눈으로 확인했고 아이의 심장 박동 소리도 들었다. 적잖은 충격을 받은 탓인지 소현이의 표정이 점점 어두워졌다.

"이소현 씨! 지금 임신 7개월이에요. 이 정도면 배 속에서 아기가 움직이는 것도 느끼고 몸이 불편했을 텐데 전혀 못 느끼셨어요?"

의사 선생님이 소현이에게 물었다.

"몰랐어요. 그냥 배가 계속 고프고, 아팠어요."

"그랬구나. 아이 아빠는 누군지 알아요?"

"네."

"아이 아빠도 임신한 것을 모르겠네요?"

"네. 몰라요."

의사 선생님은 나를 쳐다보았고, 나는 조심스럽게 다음 말을 이어 갔다.

"소현아! 아이 아빠하고 지금 연락해?"

"아니요."

"음……. 그래도 지금은 임신했다고 말해야 하지 않을까?"

"생각해 볼게요. 그런데 이 아이 안 낳으면 안 돼요?"

배 속에서 꼬물거리며 숨 쉬는 아이를 보고도 태연하게 말하는 소현이의 태도에 모두 깜짝 놀랐다. 의사 선생님은 배 속의 아이가 이미 다 자랐고 낙태는 위험하다며 조심스럽게 말했다. 소현이는 혼잣말하듯 조용히 내뱉었다.

"나 아기 낳기 싫은데……."

소현이의 표정은 진심이었다. 그러나 이 모든 것은 그녀가 선택할 수 있는 상황이 아니었다. 병원을 나오면서 나는 천천히 지금 상황을 정리했다.

"소현아! 3개월만 있으면 아이가 태어날 거야. 그러니 아이 아빠한테 말하고 아이 낳는 일을 같이 의논해야 할 것 같아."

"나 배고파요."

소현이는 난처한 질문을 피하듯 말했다. 배고파서 라면을 훔쳐 먹은 어린 임신부를 보고 있자니 다른 건 다 필요 없고 뭐라도 먹여야겠다는 생각이 들어 삼겹살집을 갔다. 소현이는 지글지글 구워지는 고기가 채 익기도 전에 입으로 쑤셔 넣었고, 순식간에 3인분을 혼자서 다 먹었다. 정신 없이 고기를 먹던 소현이는 배가 조금 채워지자 조금 전과 달리 편안하고 행복해 보였다.

"소현아! 남자 친구한테 말하기 어려우면 부모님한테라도 말해야 하지 않을까?"

"……."

"혼자서 아이를 낳을 순 없어."

"엄마한테 말할게요."

그녀의 모든 대답은 단답형이었다. 지금 상황을 회피하는 건지, 심각성을 모르는 건지 판단이 서지 않았다.

"소현아, 학교는 어디까지 다녔어?"

"중학교 2학년요."

"왜 그만뒀어?"

"몇 번 안 가니깐 계속 안 가게 됐어요."

소현이는 어린 시절을 보육시설에서 보내고 초등학생 때 집으로 돌아왔지만, 단칸방에서 늘 술을 먹는 아버지와 집안일을 제대로 챙기지 못하는 어머니는 어린 소현이를 돌볼 능력이 없었다. 소현이는 자연스럽게 인근에 사는 학교 중퇴자들과 어울리며 학교에 가지 않고 집 밖을 떠돌았다. 늘 친구들과 놀았다는데 어디서 뭘 했는지는 묻지 않았다. 단지 그때 남자 친구를 만났고, 지금은 헤어진 상태여서 임신을 말하기 어렵다고 했다. 어쩔 수 없이 어머니한테 임신을 말한다고 했지만 사실 말한다 해도 어떤 도움을 받을 수 없다는 걸 나도, 그녀도 알고 있었다.

밥을 다 먹은 후 소현이에게 임신부로서 조심해야 할 몇 가지를 당부했다.

"소현아! 임신 중에는 주의할 게 많아. 절대 뛰거나 엎드리면 안 되고, 넘어지지 않게 조심해야 해. 그리고 배가 고프면 훔쳐 먹지 말고 선생님한테 와. 뭐 챙겨 줄 게 있으면 챙겨 줄게."

지금까지 임신인지도 모르고 잘 지낸 아이지만, 임신 막달에 몸 상할까 걱정되어 몇 가지를 이야기한 후 집으로 돌려보냈다. 멀리서 소현이가 걸어가는 것을 바라보니, 앞을 보지 않으면 아무도 그녀를 임신부라고 생각하지 못할 만큼 어린 소녀의 뒷모습이었다.

한 달 정도 지났을 무렵, 소현이가 엄마 손을 잡고 동주민센터를 찾아왔다.

"어떻게 왔어?"

"배고파요."

"어머니는 어떻게 오셨어요?"

"아, 소현이가 배고프면 선생님이 오라 했다고 해서 따라왔어요. 나도 배고파요."

배가 고파서 같이 왔다며 해맑게 웃는 어머니를 보자 옆에 서 있는 배부른 임신부가 더 안타깝게 느껴졌다. 어머니는 소현이의 임신이 얼마나 크고 심각한 일인지, 자신이 뭘 해 줘야 하는지 전혀 모르는 눈치였다.

나는 먹을 것을 사 주러 같이 나갈 시간이 없어 돈 3만 원을 주었다. 3만 원을 받고 행복하게 웃으며 나가는 두 모녀의 발걸음은 가벼웠지만, 내 마음은 돌덩이를 안은 듯 무거웠다.

소현이 집은 3인 가구 생계급여 전액을 받고 있었다. 그러나 생계급여를 받으면 그동안 아버지가 외상으로 먹은 술값을 갚았고, 그때부터 또 새로운 외상이 시작되었다. 그래서 소현이 집은 항상 돈이 없었고, 가족은 늘 배가 고팠다.

또 한 달이 지났다.

"선생님, 소현이가 어젯밤 PC방 화장실에서 아이를 낳았어요. 다행히 아르바이트하던 학생이 발견하고 119에 신고해 바로 병원으로 갔다네요. 지금은 모자 모두 건강하다는 연락이 왔어요. 그런데 이런 경우 소현이가 퇴원하면 어떻게 되나요? 집에서 아이를 키울 형편도 안 되는 것 같던데······. 사회복지 쪽에서는 뭔가 도와줄 수 있을 것 같아 연락드려요."

"네, 저희가 알아보겠습니다."

처음 소현이를 데리고 온 여자 경찰관의 전화였다.

소현이가 PC방 화장실에서 아이를 낳았다. 이 추운 겨울, 차가운 화장실 바닥에 주저앉아 아이를 낳았을 어린 소녀를 상상하니 안타까우면서도 화가 났다. 왜 그렇게밖에 할 수 없었는지, 왜 그렇게밖에 할 수 없는 사람이 이 세상에 있는 건지. 그냥 화가 났다.

난 일단 소현이가 퇴원하고 머물 수 있을 곳을 백방으로 알아봤다. 다행히 미혼모 시설과 연락되어 소현이가 퇴원하면 아이와 바로 시설로 갈 수 있도록 조치해 두었다. 그리고 오래되긴 했지만, 둘째 낳고 버리지 않았던 아기 겨울옷, 속싸개, 겉싸개 등을 챙겨 사무실에 미리 가져다 두었다.

이틀 뒤, 소현이가 갓 태어난 아기를 안고 찾아왔다. 그런데 임신부였을 때와 달리 환하게 웃고 있었다.

"선생님, 저 아기 낳았어요."

"그래, 축하한다. 몸은 괜찮아?"

"네."

"아기 한번 보자. 와! 너무 이쁘네. 출생 신고해야지."

"그게 뭐예요?"

"아! 아기 낳으면 출생 신고를 해야 하거든. 이름은 지었나?"

"아니요. 이름은 어떻게 지어요?"

"네가 생각하는 이쁜 이름으로 지으면 되지."

"아무것도 생각 안 해 봤는데……."

"이름이 있어야 출생 신고를 하는데……. 우리 같이 이름 지어 볼까?"

나도 모르게 불쑥 이 말이 튀어나왔다. 함부로 아이 이름을 지으면 안 될 것 같지만, 왠지 소현이의 아이 이름은 지어 주고 싶었다. 아이를 꼭 안고 서 있는 해맑은 소녀가 눈을 반짝이며 아이 이름을 기다렸다. 나는 두 눈을 꼭 감고 있는 조금 전에 본 주먹만 한 아이를 머릿속에 그려 보았다. 그 순간 문득 떠오르는 이름이 있었다. 명석! 몸과 마음 모두가 건강하고 세상을 지혜롭게 살아갈 아이! 그런 명석한 아이가 되었으면 하는 간절한 바람이 떠올랐다.

"소현아! 명석이 어때? 명석하게 잘 크라는 뜻이야."

"명석이 좋아요."

사무장님에게 이름에 쓸 수 있는 한자를 한번 확인한 후 이명석으로 출생 신고를 하였다. 그리고 모 이소현, 자 이명석으로 된 주민등록등본도 보여 주었다. 모(母)라는 삶의 무게를 알지 못하는 소현이는 그저 웃으며 좋아했다.

나는 소현이에게 미리 알아봐 둔 미혼모 시설에 관해 이야기하며 같이 가 보길 권했다.

"지금 집은 네가 아이를 키울 수 있는 환경이 아니라서 거리가 좀 있지만, 잠시 살 수 있는 시설을 알아봐 뒀거든. 아이 키우는 걸 도와주는 사람도 있고 환경도 깨끗하니 그곳에 잠시 들어가는 건 어때?"

"좋아요."

소현이는 어떤 곳인지 묻지도 않고 바로 따라나섰다. 내가 준 속싸개와 겉싸개에 아이를 따뜻하게 감싼 후 함께 미혼모 시설로 향했다. 미혼모 시설은 생각보다 넓고 깨끗했다. 각자의 방이 있고, 육아 교육장과 사람들과 소통할 수 있는 공용 공간까지 있어 어린 소현이가 명석이를 키우기에 적합한 곳이었다. 시설을 전체적으로 둘러본 후 소현이가 머물 방으로 갔다. 크지는 않았지만 두 사람이 생활하기에는 충분히 아늑했다. 소현이에게 아이 키우는 법을 잘 배워 나오라고 당부한 후, 시설장에게도 어린 소현이를 잘 부탁했다. 돌아오는 길에 아이를 안고 인사하는 어린 소녀를 보면서 잘할까 하는 걱정과 잘하겠지 하는 믿음이 동시에 생겼다.

몇 달 후 소현이에게 안부 전화를 했다. 소현이는 모유 수유, 기저귀 갈기, 목욕시키기 등을 배워 가면서 잘 적응하고 있었다. 그리고 놀라운 소식도 전했다. 소현이가 용기 내어 명석이 아빠에게 전화했고, 며칠 전 아이 아빠가 찾아와 명석이를 보고 갔다는 것이다. 용기 낸 소현이가 대견했고, 점점 소현이 삶이 편안하고 안정되어 가는 것 같아 기뻤다.

얼마 뒤, 모두의 바람대로 좋은 소식이 들렸다. 명석이 할머니, 할아버지까지 시설로 찾아와 아이를 보고 간 후 두 사람을 혼인시켜 같이 살겠다며 퇴소 신청을 했다는 것이다. 이제 소현이는 어린 미혼모가 아닌 어엿한 가정을 이룬 엄마가 되었다. 전화로 소식을 듣는데 임신부터 출산, 작명, 시설로 가던 일들이 파노라마처럼 뇌리를 스치며 코끝이 찡해졌다.

소현이를 처음 만난 순간부터 출산까지의 모든 일은 뉴

스에서나 볼 법한 일이었다. 나도 처음 겪는 일이라 어떻게 도와야 할지 감을 잡지 못한 채 걱정만 했다. 그때 내가 해 줄 수 있는 건 그저 배고프지 않게 밥 한 끼 사 주는 것밖에 없었다. 그렇게 걱정하던 시간이 지나, 태어날 아기는 태어났고, 아이였던 소현이는 엄마가 되었다. 아기와 눈을 맞추며 모유를 먹이고, 우는 아기를 업고 달래는 평범한 엄마. 그리고 이제 18살의 어린 신부가 되어 새로운 가정을 이루었다. 그렇게 모든 일은 일어나야 하는 순리대로 일어났다. 그리고 명석이는 소현이에게 소중한 존재가 되어 소현이 인생을 밝혔다.

몇 개월이 지나, 소현이는 미혼모 시설에서 나와 시댁으로 간다며 남편과 아이를 데리고 찾아왔다. 세 명이 함께 있는 모습은 여느 3인 가정과 다를 바 없는 모습이었다. 소현이를 18년간 따라다니던 시련이 명석이를 통해 완전히 끊어지고, 행운이 함께하는 새로운 인생이 시작되길 간절히 바랐다.

그날 이후 소현이를 한 번도 본 적이 없다. 나를 보러 온 적이 없다는 건 남편과 명석이를 키우며 행복하게 잘 산다는 뜻임을 믿는다.

나는 오늘도 간절히 소망한다.

힘들고 어렵게 태어났지만, 부디 명석이가 건강하고 지혜로운 아이로 잘 크기를.

ｏ

말
이

안
나
옵
니
다

시간이 지나 당신의 상처가 극복될 수 있다면, 당신을 다시

찾을 수 있다면 우리는 조금 불편해도 괜찮습니다.

새해가 시작되는 1월은 누구나 그렇듯 한 해를 살아갈

계획으로 마음이 분주하다. 작년에 못 한 일은 무엇이고, 올

해는 무엇을 하고 어떻게 살아야 할지를 생각한다. 이런 새

해 준비는 개인적인 삶에서뿐만 아니라, 업무에서도 이루

어진다. 동주민센터에 있으면, 기초생활보장 수급자와 같

은 취약계층에 대한 연간 상담 계획을 세운다. 먼저 전체

복지대상자 명단을 쭉 뽑아서 독거노인 가구, 장애인 가구, 한부모 가구 등으로 취약계층을 구분한 후 언제, 몇 번을 상담할지 계획하게 된다. 계획을 하려고 자료를 정리하다 보면 작년에 유난히 상담을 많이 한 집과 상담이 몇 차례 이루어지지 않은 집들이 한눈에 보인다. 그리고 이름을 본 기억이 없는 낯선 집도 있다.

이순기 할머니 집이 그랬다. 전입을 온 사람도 아닌데 처음 보는 낯선 이름이었다. 더군다나 혼자 사는 노인이라 방문을 하지 않았을 리 없는데 기억이 전혀 나지 않았다. 이런저런 자료를 찾아보니, 최근에 2인 가구에서 1인 가구로 바뀐 집이었다.

'아! 얼마 전까지 할아버지가 계셨구나.'

할머니는 한 달 전까지 할아버지와 함께 주민등록이 되어 있었고, 할아버지가 가구주였다. 우리가 뽑는 명단은 항상 가구주 이름 중심으로 나오다 보니 할머니 이름은 낯설었다. 그런데 할아버지 이름을 봐도 기억이 잘 나지 않았다. 여러 상담 기록들을 살펴보니, 할아버지는 오랫동안 병원에 입원해 있었고 할머니도 간호를 위해 병원에 있어 가정방문을 한 번도 하지 않은 집이었다. 전화 통화는 한두 번 했겠지만 기억에 남을 만한 대화는 오가지 않은 듯했다.

'그런데 할아버지 이름이 왜 없지? 아! 돌아가셨구나.'

할아버지가 몇 주 전에 돌아가신 걸 확인했다. 주민등록에 달랑 한 줄로 쓰인 할머니 이름이 이제 혼자 남은 할머니의 외로움을 나타내는 듯했다. 당장 찾아가 봐야겠다는 생각에 새해 첫 방문 대상자로 이순기 할머니를 선택했다.

마침 겨울철 이웃돕기 성품으로 들어온 쌀도 전달할 겸할머니에게 방문한다고 전화를 했다.

"할머니, 동주민센터입니다. 오늘 오후에 댁으로 방문할까 하는데 괜찮으세요?"

"아…… 어… 어……. 안… 와… 아… 도, 돼돼돼…… 요."

할머니는 심하게 말을 더듬었고, 중간에 어, 아와 같은 말이 반복되어 정확히 무슨 말을 하는지 알아듣기가 어려웠다. 하지만 대충 오지 말라는 뜻인 것 같았다.

"할머니, 어제 쌀 후원이 들어와서 가져다드릴 거예요. 잠시 얼굴만 뵙고 오겠습니다."

할머니의 말을 이해하지 못한 척 대답한 후, 오후에 할머니 집을 찾아갔다.

좁은 골목길 모퉁이에 있는 할머니 집에는 작은 마당이

있었다. 마당 끝에 있는 화단은 오랫동안 관리되지 않은 듯, 시든 꽃과 나뭇잎이 손대면 바스락하며 부서질 것 같았다.

"할머니, 계세요?"

"……"

대문을 지나 현관문 앞에 서서 할머니를 불렀다. 집 안은 아무도 없는 듯 고요했지만, 빼꼼히 열려 있는 현관문 사이로 보이는 집 안은 마당과 달리 깨끗하게 정리되어 있었다. 다시 현관문 안으로 고개를 깊숙하게 넣고 할머니를 불렀다.

"할머니, 동주민센터에서 왔어요."

끼이익! 안방 문 여는 소리가 들리더니 방 안에서 깡마른 할머니가 걸어 나왔다.

"오… 오… 어… 지… 말라… 아… 해… 했… 는…… 데…."

할머니는 입술을 덜덜 떨면서 간신히 한 단어 한 단어를 이어 가며 말했다.

"할머니, 저희는 이렇게 찾아와서 할머니가 어떻게 계시는지, 건강한지를 봐야 해요. 할머니 몸은 좀 괜찮으세요?"

"어… 어… 괜… 엔… 차… 안… 아… 요…."

할머니는 방문이 귀찮은 눈치였고, 짧은 대답을 하는 것도 무척 힘들어했다.

"할머니, 말씀하기가 힘드세요?"

"아… 어… 그그그… 냥, 어… 가가가… 세요."

대답 한마디 하는 것도 힘들어하시는 할머니를 보니, 질문을 더 하는 건 고문일 것 같았다.

"그럼 다음에 또 올게요. 혹시 급한 일 있으면 여기로 연락해 주세요."

할머니에게 동주민센터 전화번호가 적힌 스티커를 주면서 냉장고에 붙이도록 안내했다.

"오늘 갑자기 찾아와서 죄송해요. 혼자 계신 게 마음 쓰여서 잘 지내는지 보러 왔어요. 안녕히 계세요."

그러고 나서 인사를 하고 나오려는데, 할머니가 스티커 뒷면에 삐뚤고 서툴게 글자를 적었다.

나는 말이 안 나아요.(나와요)

할머니는 우리에게 무언가를 전하고 싶어 했다.

"갑자기 말이 안 나오는 거예요?"

할머니는 고개를 끄덕였다. 난 가방에서 노트를 꺼내 할머니에게 드리면서 간단하게 대답을 적도록 유도했다.

네. 말이 안 나와요.(나와요)

"언제부터요?"

영감 죽고

"할아버지 돌아가시고 말이 안 나오는 거예요?"

할머니는 대답 대신 고개를 끄덕이며 눈물을 흘렸다.

할머니는 오랜 기간 투병하던 할아버지를 간호했고, 두 분은 서로 의지하며 지냈다. 그런데 그런 할아버지가 돌아가시자 할머니는 깊은 슬픔과 우울함에 말하는 법을 잃어버린 것 같았다.

"할머니, 말씀 안 하셔도 돼요. 하고 싶을 때까지 안 해도 되니 걱정하지 마시고 급할 때는 이렇게 적어서 저한테 주세요."

할머니는 울면서 고개를 끄덕였다. 끄덕이는 고개 밑으

로 눈물이 방울방울 떨어졌다. 같이 살아온 세월이 켜켜이 쌓이고 그 위에 즐거움, 고달픔, 애정, 미움 등이 얹혀 눈물로 떨어지는 듯 보였다.

그날 할머니를 본 후 방울방울 떨어지던 할머니의 눈물이 내내 마음에 걸렸다. 수시로 할머니 집 근처를 오가며 담장 너머 쳐다보거나, 문을 열고 들어가 별 할 말도 없으면서 인사를 전했다. 또 동주민센터에서 열리는 독거노인 경로잔치 등이 있으면 할머니를 초대했다. 그러나 할머니는 사람들이 모이는 초대에는 응하지 않았다. 할머니가 조금만 용기 내어 밖으로 나오면, 자식 먼저 앞세워 보내고 혼자 살아남은 긴 세월을 원망했던 할머니, 아픈 부인과 함께 죽겠다고 맹세했지만 남겨진 자식과 세월이 발목을 잡은 할아버지 등 비슷한 아픔을 가진 사람들이 씩씩하게 잘 살아가는 모습을 볼 수 있을 텐데, 할머니는 용기를 내지 못했다. 할머니가 대문 너머 밖으로 나오기까지는 오랜 시간이 걸렸다.

나는 수시로 할머니를 찾아가 글로 대화하고, 늘 퇴짜 맞으면서도 각종 행사에 할머니를 초대했다. 그렇게 봄, 여름이 지나고 가을이 되자 할머니의 표정이 조금씩 밝아졌다.

그리고 드디어 독거노인 생신상 행사에 참여하겠다는 답변도 들었다.

생신상 당일, 할머니는 어색하게 동주민센터를 찾아와 문 앞에서 어슬렁거렸다. 할머니를 보고 뛰어나가 손을 잡고 행사장으로 모신 후 편하게 식사할 수 있도록 자리를 마련해 주었다. 할머니는 처음 참여하는 낯선 행사인 데다, 오랜만에 많은 사람이 있는 곳이 어색하셨는지 구석에 앉아 조용히 식사만 했다. 그러면서도 밥숟가락을 뜨면서 중간중간 주위를 두리번거리며 살피는 것이 눈에 들어왔다.

'불안하고 어색하지만, 세상이 궁금하셨구나.'

한참 뒤 식사를 마친 할머니는 집으로 가려고 조심스럽게 일어섰다.

"할머니, 식사하는 게 힘드셨죠? 그래도 이렇게 사람 구경도 하고, 다른 사람 이야기도 듣고 하니 좋죠? 그러니 이제 자주 나오세요."

할머니는 긍정도 부정도 하지 않고 살짝 웃으며 집으로 갔다.

그리고 얼마 후 나는 다른 곳으로 인사 발령이 났다. 할머니가 이제 조금씩 세상에 적응해 나가는 과정 중에 발령이나 아쉬웠지만, 다음 담당자에게 할머니의 상황을 전달하며, 잘 부탁하는 것으로 할머니와의 인연을 정리했다.

그 후 5년쯤 지난 어느 날, 옆에 앉은 직원이 전화 한 통을 받더니 한숨을 푹 쉬었다.

"이 할머니 또 시작이네."

"뭔데? 누군데?"

"이순기 할머니. 복지관 노인대학 반장님인데 복지관 프로그램이 잘됐니 못됐니 따지고, 운영을 이렇게 해야 한다면서 계속 뭐라 하는데 진짜 피곤하다."

"이름이 뭐라고? 이순기?"

"어, 이순기. 아는 사람이가?"

난 내 눈과 귀를 의심했다. 분명히 내가 아는 이순기 할머니와 이름이 같고, 사는 동도 같지만, 동명이인이라 생각했다. 내가 아는 이순기 할머니는 그럴 리가 없다고 생각했다.

그런데 주소를 보니 내가 아는 이순기 할머니가 맞았다.

"야, 이순기 할머니가 말을 많이 한다고?"

"응. 엄청 많이."

놀랍고 신기해서 직원에게 할머니에 대해 자세히 물었

다. 동료 말로는 2년 전쯤 할머니가 노인대학에 들어와 열심히 활동하면서, 학생들에게 인정받아 이번에 노인대학 반장까지 되었다고 했다. 그리고 복지관에서 경로식당 봉사활동도 하면서 모든 일에 열정적이고 멋진데, 딱 한 가지 문제는 말이 너무 많은 것이라며 동료는 할머니에 대한 어려움을 하소연했다. 복지관 활동은 물론 사회에 대한 관심이 많아 뭔가 마음에 들지 않으면 계속 전화로 지적하고 변경을 요구하며 민원도 넣는다는 것이다. 더 충격적인 사실은 노인들을 모시고 야유회라도 가면 차에서 마이크를 잡고 놓지 않는다는 게 아닌가!

난 크게 웃었다. 몇 년 사이에 도대체 할머니에게 무슨 일이 있었던 건지 궁금했다. 하지만 할머니에게 물어볼 수 없었고, 물어볼 필요도 없었다. 할머니는 잊고 있던 자신을 찾은 게 분명했다. 그리고 어쩌면 나와 처음 만났던 그때를 지금은 잊고 싶을지도 모른다는 생각이 들었다.

"야, 할머니 원 없이 이야기하게 놔둬라. 그리고 항상 좋은 말씀 감사하다고 하고. 어쩌면 그렇게 말씀을 잘하시냐는 칭찬도 꼭 하고……."

옆에 있던 직원은 이해할 수 없다는 표정으로 나를 쳐다봤다.

난 할머니의 변화가 고맙고 반갑고 기쁘기만 했다.

큰 상처와 아픔을 겪고, 시간이 지나 그 모든 것이 다져져 다시 일상을 찾고 행복할 수 있다면 우리가 좀 불편해도 괜찮다는 생각이 들었다.

지금도 어디선가 마이크를 잡고 이야기하고 있을 할머니를 생각하니 웃음이 나온다.

이순기 할머니! 잘 이겨 내 주셔서 감사합니다.

○

잃
어
버
린

2
0
년

잊고 있었던 시간을 찾은 것이 행운인지 불행인지 아무도 알지 못한다. 단지 우리는 그들의 마지막이 쓸쓸하지 않길 바랄 뿐이다.

김영옥 할머니는 언어장애 1급으로 말을 하지 못했고 잘 듣지도 못했으며 몇 년 전부터는 잘 걷지도 못했다. 매일 반짝거리는 눈으로 요양병원 침대에 앉아 대화하는 상대가 웃으면 손뼉 치며 따라 웃었고, 슬픈 표정을 하면 눈물을 흘렸다.

그런 김영옥 할머니를 알게 된 건 새로 발령받은 곳의 전담당자가 건네준 복지급여 통장 때문이었다.

"김영옥 할머니는 미혼으로 부양가족이 한 명도 없고, 형제는 있는데 연락이 안 돼. 지금까지는 집주인이 돌봐 줬지만 장사하는 분이라 더는 할머니 보호자 역할을 하기 어렵다네. 며칠 전에 오셔서 생계급여 통장이랑 다 주고 가셨는데 당장 할머니 보호자 역할 할 분을 찾지를 못했어. 말도 못 하고 거동도 못 하는 분이라 이것저것 챙길 게 많아서 보호자 역할을 할 분을 찾을 때까지는 우리가 돌봐야 할 것 같아."

의사무능력자로 스스로 급여를 사용·관리할 능력이 부족하다고 판단되는 경우는 부양의무자, 형제자매 등이 급여관리자로 지정되어 국가에서 나오는 생계급여를 관리하며 보호자 역할을 하게 된다. 그러나 할머니에겐 그럴 사람이 아무도 없었다. 입원하고 있는 요양병원에 사회복지사가 있으면 급여 관리를 대신 부탁할 수도 있지만, 작은 요양병원이라 사회복지사도 없었다. 어쩔 수 없이 당분간 내가 급여 통장을 관리하며 보호자 역할을 해야 했다.

통장을 건네받고 얼마 지나지 않아 할머니에게 내가 바

낀 담당자이고, 급여관리자라는 것을 알리기 위해 요양병원을 찾아갔다. 병원 입구에서 신분 확인을 받은 후 긴 복도를 지나 할머니가 계신 병실로 들어서니 입원 환자 중 유난히 눈에 띄는 한 분이 있었다. 몸은 무척 왜소하지만, 반짝거리는 눈으로 침대에 앉아 입을 살짝 벌린 채 웃고 있는 분. 그분이 바로 김영옥 할머니였다. 할머니는 자는 시간 외에는 침대에 앉아 크고 예쁜 눈을 반짝이며 오가는 사람을 쳐다보는 게 일상이었다.

"할머니, 안녕하세요."

"학……. 학……."

가까이 다가가 인사하자 누군지 묻지도 않고 아니 묻지도 못했지만, 내가 누군지 따위는 관심이 없어 보였다. 그저 누군가가 자신을 찾아왔다는 사실만으로 좋아 입을 함지박만 하게 벌리고 큰 숨소리를 내뱉으며 웃었다. 옆에 있던 간병인이 그런 웃음은 무척 기분 좋다는 뜻이라며 살짝 귀띔해 주었다. 누가 찾아와도 반갑게 맞아 줄 할머니였지만, 왠지 처음부터 환영받는 느낌에 기뻤다.

귀가 어두워 잘 듣지 못하는 할머니에게 최대한 가까이 다가가 천천히, 또박또박 말을 시작했다.

"할머니, 저는 할머니가 있는 동주민센터 사회복지 담당자예요. 이제부터 제가 할머니 담당자라서 인사드리러 왔어요."

"학······. 학······."

말을 알아듣는지 못 알아듣는지는 알 수 없지만, 눈을 마주치며 좋아하는 할머니에게 계속 이야기를 했다.

"이건 할머니 생계급여가 들어오는 통장인데, 한번 보세요. 매달 돈이 들어오고 이렇게 모이고 있는 거 보이지요? 이걸 앞으로 제가 들고 있으면서 할머니 필요한 물품도 사드리고 병원비도 낼 거예요. 괜찮으시죠?"

할머니는 손가락으로 통장에 찍힌 금액의 숫자를 하나하나 짚으면서 일, 십, 백, 천, 만이라고 속으로 읽는 듯했다. 숫자를 다 짚고 나더니 다시 손뼉을 치며 좋아했다. 손뼉 외에는 의사 표현을 할 수 없는 할머니이기에 손뼉을 동의로 인정하고, 나는 할머니의 임시 보호자가 되었다.

병원에서 필요한 물품이 있다고 연락 오면 사서 가져다드리고, 할머니 건강에 이상이 있으면 병원 간호사와 의논해 필요한 영양제와 물품을 샀다.

"할머니 에어매트가 다 떨어졌는데 이건 보호자분이 구

매해 주셔야 해서요. 이번 주까지 부탁드립니다."

"할머니 변비가 심해졌는데 약에 의존하기보다 요구르트를 매일 드시는 게 좋을 것 같아요. 병원에 정기적으로 오는 요구르트 아주머니가 계시니 괜찮으면 주문 넣어 주시겠어요?"

"할머니 기력이 없어 식사를 못 하시는데 영양제를 맞히면 좋을 것 같아요."

수시로 병원과 소통하고, 할머니 건강을 챙기다 보니 어느새 난 할머니의 진짜 보호자가 된 듯했다. 그렇게 1년이라는 시간이 흘렀다.

하루는 할머니 병원비 정산도 하고, 환한 웃음도 볼 겸 병원을 방문했다. 그러나 그날은 할머니가 생기 잃은 눈으로 누워 있었다.

"할머니, 괜찮으세요?"

할머니는 기력 없이 입만 웃었다.

"할머니가 요즘 통 기운이 없으세요."

옆에 있던 간병인이 말했다. 처음으로 힘없는 할머니를 보니 걱정이 되었다.

'할머니가 언제까지 살아 계실지 모르고, 내가 계속 할머니 보호자가 될 수도 없는데…….'

이제는 보호자를 본격적으로 찾아야겠다는 생각이 들었다. 병원에서 돌아와 다시 할머니에 대한 서류를 다 뒤져 할머니 형제들의 이름 정도는 확인했다. 그리고 20년 가까이 할머니와 살았던 집주인을 찾아갔다. 집주인은 왠지 할머니의 형제들에 관해 아는 게 있을 것 같았다.

집주인 말로는 처음 할머니가 이사 왔을 때 가끔 연락하는 동생이 있었는데 무슨 일인지 연락이 끊어졌고, 이후 할머니가 말을 못 하게 되면서 전혀 소식을 모른다고 했다. 그런데 이야기 도중 집주인은 갑자기 무언가 생각난 듯 방 안으로 들어가 작은 쪽지 한 장을 가져왔다.

"이거 예전에 할머니가 준 동생 연락천데, 지금은 그 번호가 없어져서 연락이 안 돼요."

낡은 종이에는 018 ○○○ ○○○○이 적혀 있었다. 집주인은 처음 이사 왔을 때 할머니가 건네준, 동생 전화번호가 적힌 쪽지를 지금도 가지고 있었다. 그러면서 아주 오래된 할머니의 이야기를 전해 주었다. 할머니는 20년 전 집주인이 사는 집 별채 단칸방으로 이사 왔다. 그 당시 할머니는 미혼으로 식당에서 일하며 남자 친구도 있었다. 그런데 어느 날 홀연히 집을 나가 돌아오지 않았고, 1년 정도 지난 후 다시 집으로 왔다. 다시 돌아온 할머니는 건강이 좋지 않았으며 무슨 일이 있었는지 전혀 말을 하지 않았다. 그때부터 할머니는 말을 잃었다. 그래서 할머니가 사라진 1년 사이에 무슨 일이 있었는지는 아무도 알지 못했다.

집주인은 할머니와 지낸 정 때문에 아픈 할머니를 모르는 척할 수 없었다. 할머니 동생에게 전화해 보았지만, 이미 전화번호가 바뀐 동생과는 연락이 되지 않았다. 그때부터 집주인은 할머니를 기초생활보장 수급자로 신청하고 할머니의 보호자가 되어 지금까지 보살폈다. 그러나 할머니가 걷지도 못할 정도로 건강이 나빠지자 더는 집에 모실 수가 없어 요양병원에 입원시켰다. 집주인의 이야기를 들으니 할머니의 20년 세월이 상상력까지 보태져 영화처럼 머릿속에 그려졌다.

다시 사무실로 돌아와 집주인이 준 전화번호 쪽지를 들여다보았다.

'018……. 지금은 없는 번혼데…….'

난 할머니의 가족을 찾아 드리고 싶다는 마음에 가족관계 서류들을 다시 뒤졌다. 그러나 칠십여 년을 살아온 할머니의 긴 인생을 담는 서류는 서러울 만치 짧았다. 2남 2녀의 장녀로 태어나 결혼, 출산을 한 번도 한 적 없는 달랑 한 줄의 서류. 그 한 줄이 할머니 인생의 전부였다. 다시 한번 할머니의 형제 관계를 뚫어져라 쳐다보면서 생각했다.

'예전 018은 010으로 바뀌었고 중간 세 자리 숫자는 앞에 숫자 하나 더 넣어 네 자리 숫자로 대부분 바뀌었지? 그렇다면 010으로 중간 번호 앞자리에 1부터 9까지 다 넣어서 전화해 볼까?'

엉뚱한 생각이었지만 한번 해 볼 만하다 싶었다. 용기를 내어 1번부터 넣어 전화를 시작했다.

"안녕하세요, 혹시 김영옥 할머니 동생 되시나요?"

"아니요."

"안녕하세요, 혹시 김영옥 할머니 동생 되시나요?"

"전화 잘못 거셨습니다."

몇 번 실패하니 역시 어리석었다는 생각이 들어 포기하고 싶었다. 그러나 이왕 시작한 거 9번까지 딱 한 번만 해 보자는 생각에 다시 전화기를 들었다.

"안녕하세요, 혹시 김영옥 할머니 동생 되시나요?"

"네? 누구요?"

"김영옥 할머니요."

"……."

말이 없었다. 또 전화를 잘못했나 싶어 죄송하다고 말하며 끊으려고 했다.

"김영옥이면 우리 누나 이름이긴 한데……. 우리 누나 이름을 어떻게 아세요? 거기 어디예요?"

김영옥을 안단다. 드디어 찾은 것 같았다.

"40년생 김영옥 할머니가 누나 맞으세요?"

"맞아요. 우리 누나 김영옥. 그런데 연락이 안 된 지 20년이 넘어 돌아가신 걸로 아는데. 거기 어딥니까?"

"네, 여기 부산이고요. 현재 할머니는 기초생활보장 수급자로 보호받으면서 요양병원에 입원하고 계세요."

"우리 누나가 살아 있어요? 진짜 살아 있어요?"

"네, 살아 계십니다."

"아……. 감사합니다. 감사합니다."

전화기 너머로 느껴지는 슬픔과 반가움, 그리고 서러운 울먹임에 나도 울컥했다.

나는 할머니 동생에게 할머니의 건강 상태와 여러 가지 상황을 전해 드린 후 의논할 일이 있으니 할머니도 뵐 겸 부산으로 내려와 주실 수 있는지 조심스럽게 물었다. 동생은 당장 내려가겠다며 전화를 끊었다. 그러나 며칠이 지나도 동생은 오지 않았다. 전화기 너머로 들렸던 목소리는 당장 달려올 것 같았는데, 이상하게 아무 연락이 없었다.

두어 달이 지나 동생과 통화한 사실마저 잊힐 때쯤 전화가 왔다.

"안녕하세요. 저는 김영옥 할머니 올케입니다. 남편한테 선생님께 전화 왔다는 이야기는 전해 들었습니다. 형님이 살아 계신다니 놀랍고 고맙습니다. 아직 건강하시지요?"

"네. 건강하지는 않지만, 병원에 잘 계십니다."

"감사합니다. 지금까지 돌봐 주셔서……. 20년 전부터 연락이 되지 않아 돌아가신 줄 알았습니다. 그리고 먹고살기 바빠서 찾으려고 애쓰지도 않았고요. 애들 아빠는 전화받고 당장 가자고 하는데 저로선 사실 조금 조심스러운 부분이 있어서……. 혹시 우리가 가면 뭘 해야 하나요?"

생사조차 모르던 형제가 20년 만에 연락되어 서로 부둥켜안는 극적인 모습을 상상한 건 나의 순진한 착각이었다.

형제가 기초생활보장 수급자가 되어 건강도 좋지 않은 상태로 병원에 있다고 하면, 반가움과 동시에 걱정이 앞설 수도 있겠다는 생각이 그제야 들었다.

"할머니 보호자 역할을 좀 해 주셨으면 합니다."

"아……. 우리가 보호자가 되어야 하네요."

전화기 속 목소리에서 걱정과 부담이 그대로 전달되었다.

"저희 말고도 형제들이 있거든요. 다른 형제들하고 의논하고 다시 연락드리겠습니다."

20년 만에 누나를 만나 기쁘고 그리운 마음이 드는 동시에 가족이란 이유로 힘든 삶을 안아야 하는 보호자가 된다는 건 쉽지 않은 일임을 이해할 수 있었다. 전화를 끊고 그들이 오지 않을 수도 있겠다는 생각이 들었다. 얼마 뒤 할머니에게 필요한 물품을 드리기 위해 병원을 찾았지만, 동생과 연락되었다는 말은 차마 하지 못했다.

그렇게 또 몇 달이 흘렀다. 어느 날 동주민센터로 여자 한 분이 찾아오셨다.

"저……. 신아현 선생님 계세요?"

"전데요. 어떻게 오셨습니까?"

"안녕하세요. 저 김영옥 할머니 올케입니다."

"아, 안녕하세요. 반갑습니다. 전 안 오실 수도 있겠다 생각했어요."

"아닙니다. 와야지요. 이것저것 생각하고 정리를 좀 해 놓고 오느라고 늦었습니다."

"와 주셔서 감사합니다."

"제가 감사하지요. 조금 전에 요양병원에 가서 형님도 뵙고 왔습니다. 그동안 돌봐 주셔서 감사드립니다."

몇 달 전 전화 목소리에서 느꼈던 걱정과 부담이 얼굴에서는 크게 느껴지지 않았다.

"아닙니다. 충분히 이해합니다."

나는 그간의 할머니 이야기를 전해 드리고 지금까지 관리한 할머니 급여 통장도 보여 드렸다. 올케는 적지 않은 금액에 놀라는 눈치였고, 이렇게 잘 관리해 줘서 고맙다는 말을 연거푸 했다. 할머니는 장애 1급 기초생활보장 수급자로 장애연금과 생계급여가 매달 지급되었고, 병원비와 가끔 필요한 물품을 사는 것 외에는 별다른 지출이 없어 돈을 모을 수 있었다고 전했다. 그리고 올케에게 앞으로 이런 통장관리와 더불어 할머니 보호자 역할을 해 주길 부탁하였다.

"이제 마음의 준비가 다 돼서 내려왔어요. 앞으로는 저희가 하겠습니다."

그렇게 가족에게 할머니의 통장과 보호자 역할까지 모두 넘긴 후 마지막으로 할머니를 보기 위해 요양병원에 갔다. 할머니는 여전히 멀리서 걸어오는 나를 보고 함박웃음을 지었다.

"할머니, 이제 동생도 만났으니 지금보다 더 건강하고 행복하게 지내세요."

큰 소리로 이야기했지만, 할머니는 그저 웃기만 했다.

몇 달 뒤, 할머니의 이름이 기초생활보장 수급자 전출자 명단에서 확인되었다. 갑작스러운 전출에 놀라 동생에게 전화했다.

"미리 말씀드린다는 게 깜박했네요. 저희가 부산을 오가며 모시기가 힘들어 집 근처 요양병원으로 옮겼습니다. 이젠 더 자주 찾아보면서 잘 보살피겠습니다."

"잘되었네요. 할머니에게 안부 전해 주세요."

전화를 끊으며 이젠 동생과 가까이 있으면서 잘 지낼 할머니를 생각하니 마음이 편안했다. 큰 숙제 하나를 끝낸 듯

홀가분한 기분도 들었다. 동시에 이제 다시는 할머니의 그 크고 맑은 눈과 손뼉을 치며 웃는 모습을 볼 수 없다고 생각하니 섭섭함과 그리움도 몰려왔다.

짧은 기간이었지만 할머니의 순수하고 맑은 영혼을 보면서 오히려 내가 힘든 마음을 위로받은 건 아니었나 하는 생각마저 들었다. 지금도 가끔 환하게 웃던 할머니의 반짝이는 눈이 그립다.

할머니의 잃어버린 20년을 찾아 준 일이 할머니와 형제들에게 행운일지 불행일지 난 알지 못한다. 그저 할머니의 마지막이 홀로 외롭지 않을 수 있어 다행이라는 생각과, 그들이 힘들지 않기를 바랄 뿐이다.

○

그
래
도

당
신
이　그
립
다

가끔 드라마나 영화의 한 장면을 꿈꾼다. 우리의 노력과 진
심이 닿아 세상을 날아오른 그들을 뉴스와 TV로 만나는 꿈
을……. 그러나 그런 일이 아직은 일어나지 않았다.

추석, 설 같은 명절은 재래시장, 마트, 백화점만 대목이
아니다. 동주민센터도 1년 중 가장 번잡하고, 오가는 사람
들로 북적여 대목장을 방불케 한다. 한쪽에서는 각 기업체
나 단체들이 후원한 성품이 물밀듯 밀려오고, 다른 쪽에서
는 성품을 받으러 오는 사람들로 붐빈다. 성품을 준 사람도

흐뭇하고, 받는 사람도 기분 좋은 명절이 되려면 중간에서 성품을 연계하는 우리의 역할이 아주 중요하다. 후원하는 사람은 자신의 기업과 이름이 언론에 잘 홍보되어야 하고, 받는 사람은 부끄럽거나 차별받는 느낌 없이 잘 받아야 한다. 즉 한쪽에서는 드러나야 하고, 한쪽에서는 드러나지 않아야 하는 모순된 업무가 이웃돕기 성품 지원업무다.

성품이 몰리는 명절이나 겨울철 이웃돕기 성금품 모금 기간에는 언제 어떤 성품이 들어올지 예상하지 못해 성품의 종류나 값어치를 가늠해 둘 수가 없다. 그래서 미리 노인, 장애인, 한부모 등 가구의 특성과 수급자, 차상위 순으로 성품을 받을 명단을 정비하고, 들어오는 성품 종류를 보면서 필요한 사람들 순으로 성품 수령자 명단을 만든다. 이렇게 명단이 완성되고, 성품이 들어오면 직원들이 붙어 급하게 전화를 돌린다.

"안녕하세요. 동주민센터입니다. 추석 선물로 참기름이 들어와서 연락드립니다. 오늘 중 오셔서 받아 가실 수 있으세요?"

"할머니, 여기 동주민센턴데요. 설이라고 쌀 10kg이 들어왔네요, 쌀 넣어 갈 수레 끌고 오셔서 얼른 받아 가세요."

들어온 성품을 둘 곳 없어 동주민센터 구석에 쌓아 두면 어떤 사람에게 주는지, 자신들은 안 주는지 등 물어보며 입을 대는 사람이 많아 최대한 빨리 받아 갈 수 있도록 전화를 한다. 그렇게 정신없이 전화를 돌리고 나면, 다음은 성품 받으러 오는 사람들과 한바탕 난리가 벌어진다.

"내한테 와 전화했노? 전화가 와서 뭐라카는데 안 들려서……."

"할머니 이름이 뭐예요?"

"뭐?"

"이름이 뭐냐구요?"

"안 들린다."

귀 어두운 할머니!

"혹시 내한테 전화했는교? 내가 전화를 못 받았나 싶어서……."

연락은 못 받았지만, 옆집 할머니가 연락받았다는 소식을 듣고 그냥 와서 자신도 성품을 달라며 은근 압박을 가하는 어르신!

"난 참기름 말고 쌀로 도!"

쌓여 있는 성품 중 원하는 것을 고르는 아저씨!

툭!

모자를 푹 눌러쓴 채 아무 말 없이 신분증을 던지듯 내미는 학생!

각양각색의 사람들이 구름처럼 몰려왔다 빠져나가는 명절 기간엔 정말이지 동주민센터가 도떼기시장이나 다름없다.

이렇게 혼이 쏙 빠지는 시간이 지나고 명절이 끝나면 여러 차례 연락해도 찾아가지 않은 성품이 동주민센터 구석에 덩그러니 남아 있다. 그중에는 항상 슬기 집 성품이 있었다. 슬기는 아버지와 형, 이렇게 세 명이 사는 한부모 가족이었다. 명절에 쌀이나 선물 세트가 들어오면 챙겨 주려고 전화해도 잘 받지 않았고, 어렵게 연락이 되어도 오겠다는 말만 하고 찾아가지 않았다. 늘 그렇게 제일 마지막까지 성품이 남겨지는 집이 바로 슬기네 집이었다. 그래도 역시 슬기네 성품만 동주민센터 구석 자리를 차지하고 있었다.

몇 번 슬기 아버지에게 전화했지만, 곧 들르겠다고 말만 하고 오지 않았다.

그러던 어느 날, 슬기가 다니는 초등학교에서 연락이 왔다.

"안녕하세요. 저는 김슬기 담임선생님입니다. 혹시 슬기 담당하는 사회복지사 선생님이랑 통화 가능할까요?"

"네, 제가 담당자입니다. 무슨 일이신가요?"

"혹시 슬기 아버지와 연락이 되나요? 저는 연락이 통 안 되는데, 동주민센터에서는 연락이 되나 싶어서요."

"저희도 연락이 잘 안 돼요. 그런데 무슨 일이 있나요?"

"사실은 슬기 학교생활 문제로 아버지와 상담하고 싶어서요."

"슬기 학교생활에 문제가 있나요?"

"슬기가 학교 준비물을 거의 챙겨 오지 않아 학습하는 데 어려움이 많아요. 숙제도 거의 안 해 오고……. 그리고…… 슬기가 잘 씻지를 않아 몸에서 냄새가 많이 나니 애들이 싫어해서요. 다들 짝지를 안 하려고 하니, 짝 바꾸는 날마다 서로 상처가 되네요. 이런 부분들을 아버지와 상담하고 싶은데 전화를 안 받으세요."

나 역시도 슬기 아버지와 연락이 잘되지 않아 성품을 전달하지 못하고 있다고 말한 후 아버지와 연락되면 선생님께 전화를 드리겠다고 했다. 단순히 슬기 아버지가 바쁘다고만 생각했는데, 학교 선생님 전화를 받고 나니 슬기가 방치되는 건 아닌지 걱정되었다. 명절 성품을 핑계로 슬기 집을 가 봐야겠다고 생각하며 가정방문을 준비하는데 그때 누군가가 찾아왔다.

"우리 아빠가 선물 받아 오라던데요."

작은 키에 짧은 머리, 까만 얼굴에 눈이 큰 아이. 슬기였다.

"니가 슬기구나. 반갑다. 안 그래도 보고 싶었는데. 학교는 갔다 왔나? 밥은 먹었고?"

반갑고 궁금한 마음에 이것저것 물어보면서 가까이 다가가는데, 티셔츠 위에 걸친 점퍼는 원래의 색을 알 수 없을 만큼 때가 꼬질꼬질했고 소매 끝이 닳아 있었다. 그리고 정말 몸에서 오랫동안 씻지 않은 냄새가 났다.

"슬기야, 아버지는?"

"일하러 가서서 밤늦게 와요. 가끔은 안 오고요."

"형님은?"

"아르바이트한다고 나가서 집에 가끔 와요."

"그럼 집에 혼자 있나?"

"아니요, 할머니가 와서 밥해 줘요."

"그렇구나. 학교 준비물 같은 건 어떻게 챙겨?"

"……"

더 묻고 싶었지만, 준비물이라는 말에 슬기 눈동자가 아래로 떨궈졌다.

"슬기야, 선생님하고 문방구 가자."

"네?"

"새 학기 시작했으니 준비물도 사고, 필요한 거 좀 사자."

"진짜요?"

"응, 가자."

그렇게 슬기와 학교 앞 문방구를 갔다. 문방구를 같이 들어가려다 사회복지사와 함께 온 걸 알면 슬기 입장이 곤란할까 싶어 밖에 서서 필요한 걸 고르라고 손짓했다. 슬기가 물건을 고르는 모습을 보며 계산할 타이밍을 기다리고 있는데, 안에서 이상한 소리가 들렸다.

"야 이노무 자식! 니 또 뭐 훔치러 왔노? 내가 니 한 번만 더 오면 경찰에 신고한다고 했제?"

느닷없는 문방구 아주머니의 고함에 놀라 뛰어 들어갔

다. 슬기는 놀라고 당황한 눈빛으로 나를 쳐다보더니 문방구 아주머니에게 큰 소리로 말했다.

"오늘은 이 아줌마가 사 준다 했어요."

그러곤 눈에 눈물이 그렁그렁 맺혔다. 문방구 아주머니 역시 당황한 듯 보였다.

"안녕하세요. 전 동주민센터 복지 담당자예요. 오늘 슬기 준비물 좀 챙겨 주려고 따라왔으니 필요한 거 다 살 수 있도록 좀 도와주세요."

"아! 그랬구나. 내가 오해했네."

아주머니는 슬기에게 미안하다고 사과했다. 하지만 나도, 슬기도, 문방구 아주머니도 마음이 편하지 않았다. 슬기는 눈물을 훔치며 스케치북, 공책, 연필, 자, 필통, 색종이 등 학교 준비물을 골랐다. 물건을 받아 든 후 더 필요한 건 없는지 물어보려고 슬기를 향해 고개를 돌려 보니, 슬기가 문방구 입구에 있는 자동차 같은 작은 장난감을 손끝으로 만지작거리고 있었다.

"슬기야, 그거 갖고 싶어?"

슬기가 말없이 고개를 끄덕였다. 웃으며 가져오라고 한 후 함께 계산했다. 그리고 물건이 가득 든 비닐봉지를 슬기

손에 쥐여 주었다.

"다 샀다."

큰 비닐봉지를 손에 든 채 웃으며 걸어가는 슬기를 가만히 바라보니, 까무잡잡하지만 결이 고운 피부에 콧대가 오뚝하니 참 잘생겼다는 생각이 들었다.

"슬기야, 니 오바마 닮았다."

"오바마? 오바마가 누군데요?"

"미국 대통령 모르나? 미국 최초 흑인 대통령. 흑인이라고 무시받았지만, 지금은 당당하게 미국 대통령이 됐잖아. 근데 옆에서 보니 니가 오바마를 꼭 닮았네. 우리 슬기도 오바마처럼 훌륭하게 크겠는데!"

슬기는 미국 대통령을 닮았다는 말에 싱글싱글 웃었다. 주민센터로 돌아온 슬기는 한 손에는 추석 선물을 한 손에는 학용품 비닐봉지를 든 채 기분 좋게 집으로 가려고 했다.

"슬기야. 오늘은 집에 누가 있나?"

"네. 할머니 있어요."

"혹시 집에서 혼자 잘 때도 있나?"

"형님이 집에 있다가 나가면 가끔요."

"선생님하고 약속 하나 하자. 아침에 매일 샤워하고 학교

가고, 일주일에 두 번만 학교 마치고 집에 갈 때 선생님한테 와서 준비물이랑 숙제가 뭔지 이야기하고 가면 안 되겠나?"

"인사하고 숙제랑 준비물만 말하러 오면 돼요?"

"응, 그리고 아버지한테 동주민센터로 전화 좀 해 달라고 전해 주고."

그 후 슬기는 한 달 정도 일주일에 두 번 동주민센터에 들러 인사를 하고 준비물과 숙제를 전해 주고 갔다. 난 이웃돕기 성금을 후원받아 슬기에게 필요한 학용품과 준비물, 문제집까지 사 주면서 슬기가 학교생활에 적응할 수 있도록 도왔다.

그러던 어느 날, 슬기 아버지가 동주민센터를 찾아왔다. 검은 얼굴과 큰 키, 어깨까지 쩍 벌어진 큰 덩치를 가지고 있어 보는 것만으로 겁이 덜컥 났지만, 그동안 슬기를 열심히 챙긴 내게 화낼 일은 없을 거라고 생각하며 반갑게 맞았다. 그러나 내 생각은 완전히 빗나갔다.

"누가 내 새끼 거지 취급하노? 그리고 뭐, 아동학대? 먹고살기도 힘들어 죽겠는데 아 놔두고 일하러 갔다고 아동학대 신고한다는 게 누구고?"

동주민센터가 떠나갈 정도의 목소리에 정신이 아찔했다. 누군가 슬기에게 아동학대에 관한 이야기를 한 모양이었다.

슬기를 챙긴 데에 대한 감사 인사를 기대한 나의 설렘은 온데간데없어지고, 두려움에 심장이 쿵쾅거렸다.

"선생님, 제가 슬기 사회복지 담당잡니다. 뭔가 오해가 있으신 것 같은데 슬기가 혼자 있는 시간이 많아 걱정돼서 동주민센터에 오라 하고 준비물도 좀 챙겨 줬습니다. 그리고 아이가 집에 혼자 있는 건 위험해 할머니가 자주 오시도록 이야기하긴 했습니다."

떨렸지만 차분하게 설명하자, 욱했던 슬기 아버지도 소리를 조금 낮추어 힘든 삶을 이야기하기 시작했다.

"일용직 일하면서 날품 팔아 사는데 가끔 시외에 일자리가 나면 밤늦게 올 때가 있습니다. 그리고 솔직히 월세가 밀려 가 낮에 집주인이라도 만나면 곤란하기도 하고……. 그래도 웬만하면 밤에 와서 아는 챙깁니다. 혹시 못 오면 큰 놈한테 동생 좀 챙기라고 하는데 그게 통 말을 안 듣고, 어머니도 일하시니 바쁠 때는 못 오고……. 그래도 우짭니까? 먹고살아야 하는데……."

슬기 아버지는 혼자 최선을 다하고 있었다. 그러나 초등학생인 슬기를 온전하게 챙길 몸과 마음의 여유는 없었다. 한참 슬기 아버지의 이야기를 들은 뒤, 아이가 집에 혼자 있도록 내버려두거나, 학교 준비물을 잘 챙겨 주지 않는 것도 아동학대가 될 수 있음을 조심스럽게 말했다. 아동학대라는 말에 또 화를 낼까 걱정했지만, 조금 전과 달리 크고 우락부락한 얼굴이 슬퍼 보였다.

"압니다. 그래도 아는 먹여 살려야 될 거 아닙니까?"

"혹시 월세가 부담스러우면 임대주택 신청이 가능한데 도와드릴까요?"

"그게 뭔데요?"

슬기 아버지는 동주민센터를 잘 오지 않고, 각종 정보를 찾아보지 않아 복지 서비스를 잘 모르고 있었다. 그래서 정부의 임대주택 제도를 안내하여 신청하도록 도왔다. 몇 달 후 슬기네는 월세 부담이 적은 주택으로 이사하였다. 한 달가량의 짧은 시간이었지만 오바마를 닮은 슬기는 내 머릿속에 오래도록 남았고, 슬기가 잘 자라길 마음으로 빌었다.

몇 년이 흐른 뒤, 옆에 앉아 있던 긴급 생계급여 담당자와 민원인이 상담하는 소리가 들렸다.

"어떻게 오셨습니까?"

"교정시설에서 나와 긴급 생계비 신청하려고요."

"이름이 어떻게 되세요?"

"김슬기요."

'김슬기?'

나는 놀라 고개를 돌려 쳐다봤지만, 세월이 흐른 데다 슬쩍 스치듯 봐서는 내가 아는 김슬기인지 확인할 수 없었다. 그런데 긴급 생계급여 신청 사유가 교정시설 출소라는 게 자꾸 신경이 쓰였다.

'제발 내가 아는 김슬기가 아니기를……. 걔는 잘 컸을 거야!'

다시 한번 정확하게 쳐다보며 오바마 김슬기가 맞는지 확인해 보고 싶었지만, 혹시나 어릴 때 그 얼굴이 있을까 봐, 진짜 내가 아는 슬기일까 봐 차마 쳐다보지 못했다.

민원인이 가고 난 후 옆 담당자에게 물었다.

"몇 살이야?"

"21살이네요. 절도로 잠시 갔다 왔나 봐요."

'21살이면, 10년 전쯤 내가 슬기를 만났으니 어쩌면 내가 아는 슬기가 맞을 수도 있겠다.'

그러나 나는 긴급 생계급여 신청자가 슬기인지 찾아보지 않았다.

지금도 내 머릿속에 슬기는 어릴 때 그 모습 그대로 남아 있다. 언젠가 다시 만나면 그때 슬기가 얼마나 귀엽고 예뻤는지 다시 이야기해 주고 싶다.

사회복지사로 살면서 줄곧 꿈꿔 온 장면이 있다. 우리가 도움을 준 이들이 세월이 흐른 후 멋진 모습으로 나타나는 장면! 그러나 아직은 그런 일이 한 번도 일어나지 않았다. 역시 드라마나 영화 같은 현실은 없는 걸까?

그러나 늘 상상하고 희망한다.

"선생님, 제가 죽고 싶을 만큼 힘들 때 선생님을 만나 이렇게 잘되었습니다. 저도 이제 남을 도울 만큼 여유가 생겼으니 저처럼 힘든 학생들을 도울 수 있게 해 주세요."

그들이 찾는 선생님이 내가 아니어도 괜찮다. 그저 힘든 시간을 잘 버텨 멋지게 한 사람의 인생을 가꿔 나가고 있음을 알려 줬으면 하는 바람이다.

아! 상상만 해도 행복하다.

○

살
아
서
도　죽
어
서
도

외
로
운　삶

죽어서도 외로운 그들에게 따뜻한 고봉밥과 술 한잔 올릴
수 있음에 감사하다.

시신 대장 관리! 나의 컴퓨터 바탕화면에 있는 폴더의 이
름이다. 어쩌다 겁 많은 내가 시신 관리 담당자가 되었는지
알 수 없지만, 나는 무연고 사망자, 그중에서도 무연고 기초
생활보장 수급자의 마지막을 담당하게 되었다.

무연고 사망자는 장사를 치를 연고자, 즉 부모, 자녀, 형
제가 없거나, 있어도 시신 인수를 거부해 장사를 치를 연고

자가 없는 사망자를 말한다. 과거에는 무연고 사망자가 발생하면 별다른 장례 절차 없이 화장하는 것으로 장사가 끝이 났다. 그러나 몇 년 전부터 지자체마다 무연고 사망자의 존엄한 죽음을 위해 그들의 빈소를 마련하고 장례를 치러 주는 공영장례 지원 조례를 앞다투어 제정하였다. 과거 외롭게 살다 떠난 이홍걸, 고경호 등 고인에게 술 한잔 올리지 못한 것이 늘 마음에 걸렸었다. 그러나 이젠 공영장례 제도로 그들의 마지막 순간에 술이라도 한잔 올릴 수 있어, '무연고 사망자 관리'라는 다소 무서운 이름을 가진 이 업무에 애착이 생겼다.

 무연고 사망자 공영장례는 경찰서나 병원에서 연고자가 없는 사망자 처리를 요청하는 공문이 오면, 먼저 연고자를 찾는 일이 급선무다. 경찰과 병원에서 연고자를 찾지 못한 경우 우리도 찾기 어렵지만, 그래도 실낱 같은 희망으로 연고자를 찾아 전화를 돌려 본다. 무연고자 중에는 정말 연고자가 아무도 없을 때도 있지만, 연고자가 있어도 가정폭력, 이혼 등으로 관계가 단절되어 그들의 사망에조차 관심 없는 경우가 대부분이다. 처음에는 가족, 형제의 죽음에 어떻게 이토록 냉정할 수 있는지 이해가 되지 않았다. 그런데 그들이 살아온 가족력을 쭉 읽다 보면 죽음조차 거부하는 그들의 마음이 조금은 이해되었다.

살아서도 죽어서도 아무도 찾지 않는 외로운 사람들. 그렇게 홀로 남겨진 주검들은 공영장례라는 이름으로 빈소가 차려지지만 찾아오는 이가 거의 없다. 그리고 다음 날 화장한 후 산골에 뿌려지거나 5년간 봉안되어 또다시 아무도 찾지 않는 곳에 홀로 남겨진다.

기초생활보장 수급자였던 손태식 씨도 그랬다. 동 복지 담당자가 며칠 동안 연락이 되지 않아 집을 찾아갔지만, 인기척이 없었다. 하루가 멀다 하고 동주민센터를 찾아오거나 수십 통의 전화로 주사를 부리는 사람이 연락이 끊기고 집에 인기척마저 없는 건 좋지 않은 징조다. 결국 경찰서와 소방서에 연락해 강제로 대문을 열었다. 예상대로 술병만 나뒹구는 휑한 집에 그가 죽어 있었다.

그의 사망은 경찰서의 무연고 사망자 처리 요청 공문과 함께 나에게 전달되었다. 공문에는 친모에게 연락했지만, 시신 인수를 포기했다고 적혀 있었다.

'그래도 엄만데…….'

그녀는 아들을 포기했지만, 나는 포기하지 못하고 그녀에게 전화했다.

"어머니, 경찰서에서 연락받으셨지요?"

"아, 네."

"많이 놀라셨지요. 지금 아드님이 ○○병원에 안치되어 있는데, 어떻게 하시겠어요?"

"알아서 하세요."

"음……. 어머니, 연고자가 있는데도 무연고자로 처리되면 화장 후 산골에 그냥 뿌려지는데 괜찮으시겠어요?"

"봉안 안 하고 그냥 뿌려지나요?"

"네."

"그래도 그냥 그렇게 해 주세요."

무슨 사연이 있는지 알 수 없지만, 망설임 없이 담담하게 대답하는 어머니의 태도에 괜히 원망스러운 마음이 들었다. 손태식 씨는 어머니 외에는 배우자도 자녀도 형제도 없었다. 그제야 그의 가족력이 적힌 상담일지를 쭉 살펴보았다.

손태식 씨는 네 살 때 부모가 이혼하였다. 이혼 후 아버지와 함께 살게 되면서 그때부터 어머니와 연락이 끊어졌다. 그러나 아버지와도 함께 살았다고 할 수 없었다. 그의 아버지는 그가 다섯 살 되던 해 사망하였다. 그를 돌봐 줄 친척이 아무도 없었는지, 그는 다섯 살에 주민등록이 말소되었다. 일곱 살 때 친척 집에 잠시 주민등록이 올려졌지만, 다시 말소되어 성인이 될 때까지 주민등록 말소와 재등록을 반복하며 학교도 제대로 다니지 않았다. 그는 그렇게 어릴 때 모진 세상에 던져져 구두닦이와 중국집 배달 일을 하며 생계를 유지하였고, 평생 따뜻한 밥 한 끼 챙겨 주는 사람 없는 외로운 삶을 살았다. 그는 그런 외로움을 술로 달래다 젊은 나이에 알코올 중독, 우울증 같은 마음의 병을 안고 기초생활보장 수급자가 되었다. 그는 수급자가 되면서 밥은 먹고 살 수 있었지만, 외로움을 해결하는 방법은 찾지 못했다. 결국 그가 선택한 방법은 매일 동주민센터 복지 담당자에게 수십 통의 전화를 걸어 무엇이든 따져 물으며 외로움을 달래는 것이었다.

"이번 달 생계급여 언제 나와요?"

"20일에 나갑니다."

"이번 달 생계급여가 얼마 나와요?"

"56만 원 나갑니다."

"이번 달 정부양곡(나라미) 신청한 돈은 빠졌어요?"

"예, 빠졌어요."

한 번에 물어봐도 될 것을 수십 통의 전화로 물었고, 한 번만 질문해 달라고 부탁하면 자신이 귀찮냐며 화를 냈다.

"오늘은 박 선생님 목소리가 듣고 싶으니 그 사람만 내 질문에 답하세요."

가끔은 여자 담당자를 지목해 이런저런 질문을 하면서, 음흉한 웃음을 짓는 이상한 행동을 하기도 했다. 모든 복지 담당자는 그를 싫어했다.

지금 내 옆에 앉아 일하는 후배도 마찬가지였다. 그녀는 손태식 씨가 거주하는 동에서 2년간 복지 담당자로 일하면서 그를 두고 지긋지긋하다 표현할 만큼 싫어했다. 손태식 씨는 매일 전화로 후배를 찾았고, 그녀 외에는 아무와도 통화하지 않으려 했다. 아무리 싫어도 민원인인 이상 내칠 수도 없어 후배는 꾸역꾸역 그의 전화에 응했다. 그러다가 그렇게 싫기만 했던 사람의 아픈 과거를 자세히 알게 되었다. 징그럽게 싫었던 그가 그럴 수밖에 없는 어린 시절을 보냈다는 걸 알게 되면서 미웠던 감정은 이해와 동정으로 조금씩 바뀌었다. 후배는 밉다가도 불쌍하고, 화가 나다가도 안쓰러운 그런 애증의 관계가 2년 동안 지속되었다고 말했다. 그런 그가 사망했다고 하자 후배는 깜짝 놀랐다.

"75년생 손태식 씨 맞아요?"

"응, 맞아."

"술을 많이 먹었지만 그렇게 일찍 갈 사람은 아닌 것 같았는데……. 이분도 공영장례 해요? 저 공영장례식장 가 보고 싶어요."

"당연하지. 같이 가자."

그렇게 후배와 장례식장을 찾아갔다. 영정 사진이 없는 빈소에는 그의 이름 한 줄만 올려져 있었다.

후배는 신발을 가지런히 벗고 들어가 향을 피웠다. 그리고 헌화한 후 술을 올렸다. 그렇게 싫었다면서도 그에게 마지막 잔을 올리는 후배의 모습이 진지하고 조심스러워 나조차도 숙연해졌다.

"불쌍해요. 그렇게 살고 싶어서 살았던 것도 아닐 건데……. 그리고 사는 동안 한 번도 받아 보지 못했을 따뜻한 고봉밥에 반찬이 놓여 있는 걸 보니 더 마음이 아프네요."

후배는 빨개진 눈으로 찡한 코끝을 끌어 올렸다.

"그래도 저분은 좋아했던 담당자 술 한잔 받고 갈 수 있어서 좋았을 거야. 잘했어. 고맙고."

쉽지 않은 마음을 내어 빈소를 찾아 준 후배가 대견하고 예뻤다.

다음 날 화장일이었다. 화장장까지 가 보진 못했지만, 화장 시간이 다가오니 괜히 마음이 쓰였다.

'외롭고 힘든 이생은 잊으시고, 좋은 곳으로 훨훨 날아가세요.'

마음으로 빌고 있을 때 전화가 왔다.

"태식이 장례식이 끝났나요?"

그의 어머니였다.

"네, 어제 끝이 났습니다."

"흑흑⋯⋯. 화장은 몇 신가요?"

갑자기 흐느끼며 화장 시간을 묻는 어머니의 목소리에 갑자기 나도 울컥했다.

"10시 20분입니다. 곧 하겠네요."

"아이고. 불쌍한 놈! 흑흑⋯⋯. 내가 화장하는 거라도 봐야 하는데, 무릎 수술을 해서 도저히 갈 수가 없어요. 그 불쌍한 걸 우짭니까?"

며칠 전 담담하다 못해 무심했던 어머니는 온데간데없이, 아들의 죽음을 사무치게 슬퍼하는 어머니만 있었다.

"저희가 대신 잘 보내 드렸습니다. 잘 지냈던 담당자가 술도 한잔 올렸고요."

"감사합니다, 감사합니다. 이렇게라도 마지막을 챙겨 주셔서 감사합니다."

서럽게 울면서 감사하다는 어머니의 전화를 끊은 후 나도 눈물을 흘렸다. 어쩔 수 없는 사연으로 40년 이상 자녀와 연락 없이 살았지만, 마지막 순간을 지키지 못한 죄가 가장 크다는 어머니의 마지막 말이 귓가를 맴돌았다.

그렇게 그는 바람과 함께 하늘로 날아갔다.

공영장례 업무를 보면서 하루가 멀다 하고 발생하는 무연고 사망자와 해마다 늘어나는 무연고 사망자 숫자에 놀란다. 가족관계 단절, 경제적 어려움, 1인 가구의 증가 등 다양한 이유로 무연고 사망자 수는 더 늘어날 것이다. 지금이라도 이들이 외롭지 않게 공영장례를 치러 주는 건 좋지만, 앞으로 무연고 사망자는 큰 사회적 문제와 정부 예산의 부담이 될 것 같다.

아무도 찾지 않는 쓸쓸한 죽음인 고독사와 무연고 사망자의 공영장례. 점점 극도로 개인화되어 가는 세상에서 피할 수 없는 이런 현상들을 위해 우리가 할 수 있는 일은 무엇일까?

조금만 눈을 돌리면 쓸쓸히 사라져 가는 그들이 보인다.

우리는 홀로 살아갈 수 없고, 인생을 살아가는 내내 누군가 필요하다. 그 누군가가 나일 수도 당신일 수도 있다.

4부

나는 지금 여기에

○

할
수
만
있
다
면

시간을 되돌릴 수 있다면 다른 선택으로 너를 살릴 수 있었을까? 지켜 주지 못해서 정말 미안하다.

유난히 민원 전화도 없는 조용한 오전이었다. 그때 직원 한 명이 정적을 깨는 한마디를 했다.

"오늘따라 사무실이 왜 이렇게 쥐 죽은 듯 조용하지? 너무 좋은데!"

"야! 안 돼!"

우리 부서 안에서는 조용하다고 말하는 순간 어김없이

전화벨이 울리며 민원인이 몰려온다고 믿는 징크스가 있었다. 제발 이런 날은 그냥 조용히 즐겨야 하는데. 역시 그 직원의 말이 떨어지기가 무섭게 정적을 깨는 전화벨이 울렸다.

"여보세요. 거기 구청이지요. 저…… 저……. 친구가 자살을 시도했는데, 병원비가 없어서 치료를 못 받고 있습니다. 저도 친구를 도울 형편이 안 되고……. 제발 좀 도와주세요."

"예? 친구분이 지금 어디 계시는데요?"

"대학병원에요."

"대학병원에 있는데 치료를 못 받고 있다고요?"

"네. 병원에서는 친구가 의료보험이 없어서 막대한 수술비가 감당되지 않을 거라며 수술을 해 줄 수 없다고……."

그날은 긴급한 생계 곤란이나 질병으로 위기에 처한 가구를 지원하는 긴급복지 업무 담당자가 쉬는 날이었다. 마침 내가 울리는 전화를 당겨 받았는데, 목소리에서 떨림과 불안이 느껴져 차마 담당자가 없다고 말할 수 없었다.

"친구분 성함이 어떻게 되세요?"

"이상호요."

"일단 선생님, 친구분이 무슨 일로 어떻게 된 건지 차분히 다시 이야기해 주세요."

"네."

민원인은 침을 꿀꺽 삼킨 후 차분히 이야기를 이어 갔다.

"친구가 며칠째 연락이 안 돼서 집으로 찾아갔는데……. 친구가 손목을 그어 온 방에 피가 흥건한 채 누워 있었어요. 다행히 숨을 쉬고 있어 119에 신고하고 대학병원으로 옮겨 급한 지혈은 했지만, 보호자가 없고 의료보험이 상실된 상태라 봉합수술은 못 했습니다. 병원에서 다른 병원으로 가라고 하는데 손목이 끊어진 친구를 데리고 어디로 갈 수도 없고, 다른 병원으로 간다고 해도 병원비를 감당할 수 없어서……. 병원에서는 24시간 안에 봉합해야 한다는데, 저도 친구 병원비를 낼 형편이 안 되고……."

민원인은 한참을 망설이다가 천천히 다시 말을 이었다.

"그래서 그러면 안 되지만, 친구를 그냥 병원에 두고 와 버렸습니다. 지금 친구가 어디 있는지 죽었는지 살았는지 모르겠어요. 제발 제 친구를 찾아서 살려 주세요."

민원인은 친구를 병원에 두고 온 죄책감과 도와줄 수 없는 자신의 상황 때문에 무척 혼란스러운 듯 보였다.

"선생님, 일단 무슨 상황인지 이해했습니다. 저희가 병원에 연락할 테니 선생님은 친구분이 병원에 있는지 한 번만 찾아봐 주시겠어요?"

전화를 끊고 일단 민원인이 말한 병원 사회사업실에 전화해 상황을 설명한 후 이상호 씨가 아직 병원에 있는지 확인을 부탁했다. 다행히 이상호 씨가 응급실 앞 보호자 대기석에 누워 있다는 연락이 왔다. 병원 측에 이상호 씨의 수술 가능 여부를 물어봤지만, 병원은 봉합수술이 쉽지 않은데다 의료보험이 없는 환자의 막대한 수술비를 병원에서 떠안을 수는 없다는 말을 되풀이했다. 그리고 24시간 안에 수술해야 그나마 봉합될 거라는 말도 했다. 당장 손목이 끊어져 24시간 안에 수술해야 하는 사람인 걸 알면서도 병원비를 못 받을 것 같아 수술이 어렵다는 병원 측의 말은 충격이었다. 그러나 병원을 원망할 시간이 없었다.

다시 병원에 있는 사회복지사에게 이상호 씨와 전화 통화를 할 수 있도록 부탁했다.

"안녕하세요. 구청입니다."

"네……."

"통화할 수 있겠어요?"

"네……."

"선생님, 친구분이 저희에게 선생님 상황을 말씀해 주셨어요. 저희가 좀 돕고 싶은데 괜찮으세요?"

"네……."

"선생님, 일단 선생님 개인정보를 저희가 조회해서 도와줄 수 있는 방법을 찾아야 하는데 괜찮으시죠? 주민등록, 의료보험 같은 것들이 어떻게 되어 있는지 확인하고, 병원 사회사업실과 정신보건센터와도 정보 공유를 하면서 도울 방법을 찾아야 할 것 같습니다. 급해서 먼저 전화로 동의를 구합니다."

"네……."

알아들은 건지 그냥 대답만 한 건지 알 수 없지만, 그는 힘없는 목소리로 동의했다.

"일단 여러 가지 자료를 보고 다시 연락드릴게요. 거기 그대로 계세요."

"네."

전화를 끊고 급하게 주민등록을 확인하는 순간, 가슴이 무너졌다.

세상에 흔적 없이 살고 있던 사람…….

어떤 이유인지 알 수 없지만, 그는 4살 때 주민등록이 말소되었고, 초등학교 입학 후 2년, 20대 때 3년 정도의 기간을 제외하고는 일생을 주민등록이 말소된 상태로 세상에 아무 흔적 없이 살고 있었다. 부모도 없이 학교도 제대로 다니지 않았을 이상호 씨의 인생을 서류 한 장으로 만나는 순간 눈물이 쏟아졌다.

'어떻게든 도와야 한다.'

먼저 그가 실제 거주하는 동주민센터와 연락하여 주민등록을 등재할 방법을 의논하였고, 건강보험공단에는 최대한 빨리 의료보험을 취득할 수 있도록 부탁하였다. 그리고 병원 사회사업실, 자살예방센터, 동 사례관리팀, 정신건강복지센터와 빠른 속도로 연락을 취해 긴급하게 수술을 받을 수 있는 방법을 찾아 나갔다.

동주민센터에서는 주민등록 재등록비를 사후 청구로 처리하여 주민등록을 등재해 주었다. 나는 급하게 긴급의료비 지원을 결정하고, 건강보험공단은 주민등록 재등록과 동시에 의료보험 자격을 취득해 주었다. 그리고 병원 사회사업실은 의료보험 취득과 동시에 바로 수술할 수 있도록 준비했다. 자살예방센터와 정신건강복지센터는 추가 치료가 필요한 경우 치료비와 지속적인 정신 상담을 지원하기로 약속했다.

단 하루 만에 여러 기관과 수십 통의 전화를 주고받았고, 다행히 모든 기관은 이상호 씨를 살리기 위해 적극적으로 협조해 주었다. 아침 10시에 받은 전화를 시작으로 종일 그를 위해 노력한 결과, 오후 5시! 그가 수술실로 들어갔다는 소식을 들었다. 그 순간 온몸에 기운이 쫙 빠지면서 갑자기 눈물이 흘렀다. 하염없이 흐르는 눈물에 동료들이 걱정했다.

"잘 해결됐는데 왜 울어요? 고생 많았어요."

'그날도 누군가 이렇게, 아니, 내가 이렇게 빨리 알고 움직였다면 너를 잃지 않았을까?'

나의 남동생은 늦둥이로 태어나 온 가족의 사랑을 받았다. 남동생이 태어나는 날 나는 태어나서 처음으로 바나나를 먹었다. 당시에는 아무나 먹을 수 없었던 비싼 바나나를 동네 한가운데서 먹는 나를 보면서 이웃 사람들은 말하지 않아도 우리 집에 아들이 태어난 걸 알았다. 그러나 그런 환영과 사랑을 받으며 태어난 동생의 삶은 녹록지 않았다.

군대에서 첫 휴가를 나온 날, 교통사고로 한쪽 다리를 다쳐 의가사 제대하였고, 이후 좋아하던 축구와 달리기를 하지 못했다. 일찍 결혼하고 장애인 전형으로 대기업에 취업했지만, 얼마 뒤 회사의 부도로 한순간에 직장을 잃었다. 결국 경제적 어려움과 여러 가지 불화로 부인과 이혼하고 혼자 두 아이를 키웠다. 길어진 실직과 이혼은 그에게 너무나도 가혹한 현실이었다. 그러던 중 같이 살던 두 아이마저 엄마를 찾아 떠나 버렸다.

그는 점점 무너지는 자신의 삶을 원망했고, 아무에게도 말하지 못한 채 우울 속으로 빠져 가고 있었다. 다른 사람의 아프고 힘든 삶은 잘 들어 주고 위로하는 나였지만 동생에게는 모질었다. 왜 뭐라도 해 보려고 노력하지 않는지, 왜 젊은 나이에 밖으로 나가 땀 흘리며 일할 생각을 하지 않는지 이해할 수 없다고 다그쳤다. 나는 그렇게 마음으로 남동생을 밀어냈다.

2020년 1월 1일, 나는 가족의 건강과 행복을 기원하며 해돋이를 보았다.

'우리 가족 모두 건강하고 행복하게 해 주세요. 우리 큰

아들 올해 꼭 원하는 대학에 합격하게 해 주세요.'

새해 첫 해, 그날따라 유난히 크고 붉은 해가 바다 너머 둥실 떠오르는 걸 보면서 그해는 모든 일이 잘될 것 같은 희망에 마음이 부풀었다.

그날 저녁, 새해 일출을 본 좋은 기운을 전하고 새해 인사도 드리고 싶은 마음에 부모님을 찾아가 함께 저녁을 먹었다. 늦은 시간까지 부모님과 이런저런 이야기를 나누고, 올 한 해 모두 건강하고 뜻하는 바를 이루자며 술잔을 부딪쳤다.

그렇게 즐겁게 새해를 맞은 다음 날, 아침 일찍 전화벨이 울렸다. 전화기 화면에는 '우리 아빠'라는 글자가 떠 있었다.

'이른 아침에 아버지가 왜……'

전화기를 귀에 대자마자 다급한 목소리가 들렸다.

"빨리 좀 온나. 빨리……."

"아버지, 왜요? 무슨 일인데요?"

"니 동생이……. 니 동생이……."

더 말하지 않았지만 무슨 일이 일어났는지 직감으로 알았다. 심장이 터질 것 같았고, 다리가 떨려 걸을 수가 없었다. 벌벌 떨리는 손으로 운전대를 잡고, 아무도 내 소리를 듣지 않을 차 안에서 엉엉 울었다. 간신히 도착한 동생 집에서 아버지와 어머니의 소리 없는 울음을 보았다.

그렇게 하나밖에 없는 남동생은 새해 첫날, 혼자 있던 집에서 세상을 버렸다.

내가 해돋이를 보면서 한 번만이라도 동생을 생각했다면, 새해 첫날 저녁 내가 부모님을 모시고 밥을 먹지 않았다면, 아니 밥 먹을 때 혼자 있을 동생에게 나오라고 전화 한 번만 했다면 모든 상황은 달라질 수 있었다. 부모님은 새해 첫날 남동생과 같이 떡국을 먹을 생각이었다. 그런데 내가 온다는 말에 동생이랑 보낼 시간을 하루 미룬 것이다. 이 모든 상황이 나 때문인 것 같아 견딜 수가 없었다. 시간을 되돌릴 수만 있다면 모든 걸 제자리로 다시 돌려놓고 싶었다.

장례식장에서 하나밖에 없는 장손을 잃은 친척들은 내게 비수를 던졌다.

"아이고, 이를 우째. 니는 사회복지 일을 한다는 게 니 동생이 저 꼴이 되도록 도대체 뭐 했노? 우리 장손, 이제 우리 집안은 끝났다."

넋을 잃고 눈물조차 흘리지 못하는 부모님과 소리 내어 우는 친척들 사이에서 나는 내가 누구인지, 내가 무슨 짓을 한 건지 생각하며 가슴을 쳤다.

이상호 씨 친구의 전화를 받는 순간 난 어쩌면 그 죄책감을 조금이라도 덜고 싶었는지도 모른다. 꼭 살리고 싶었다. 꼭 살려서 힘들다 느끼는 이 세상에도 희망이 있다는 걸 보여 주고 싶었다. 그날 내가 못 한 그 일을 지금이라도 꼭 하고 싶었다. 그가 수술실에 들어갔다는 말을 듣는 순간 하염없이 흐르던 그 눈물은 그날을 대신한 나의 마음이었다.

이제 와 아무 소용 없지만, 그렇게라도 못다 한 내 마음을 전하고 싶었다.

너의 아픔을 알아주지 못하고, 지켜 주지 못해서 정말 미안하다.

○

각자

다른 모습의 아픔

누구에게나 아픔은 있다. 그 아픔은 손수건으로, 라면으로
그리고 오리 배로 우리 옆에 머물며 잊으려 해도 잊히지 않
는다.

"자식을 낳았지만 기르지 않은 어미는 어미가 아니지!"
 김영순 할머니는 자식이 없다고 했다. 가족관계등록부에
는 분명 두 딸이 있지만, 늘 자기 자식이 아니라고만 할 뿐
자세한 이야기를 하지 않았다.
 우리는 이런 경우를 가족관계 해체, 즉 부모와 자식 간

가족관계가 해체되어 서로에 대한 부양책임을 하지 않는 것으로 인정한다. 이런 가족관계 해체를 인정하기 위해서는 가족이 그렇게 된 사연을 어쩔 수 없이 물어볼 수밖에 없다.

"자녀들과 연락을 안 하고 사는 이유가 있나요?"

"부모님과 왜 연락을 안 하세요?"

물어보면 대부분 난감해하며 그런 이야기까지 해야 하냐고 되묻는다. 기초생활보장 수급자는 직계가족, 즉 부모와 자녀는 부양의무자이기 때문에 부양의무자에 대한 조사가 필수 요건이다. 그러나 그런 부양의무자와 연락이 끊어져 소식을 알지 못한다고 하면, 서로가 껄끄러운 가족관계 해체 조사를 통해 기초생활보장 수급 여부를 결정하게 된다.

김영순 할머니도 그렇게 두 딸과 가족관계 해체로 인정되어 기초생활보장 수급자가 되었다. 할머니 집은 작은 창문이 있는 단칸방에 딱 필요한 물건 몇 개만 잘 정돈되어 있었다. 단출한 살림은 긴 세월 혼자 살아온 할머니의 모습이었다. 집만 봐도 혼자인 걸 알지만, 우리는 매년 가족관계 해체 재조사를 위해 서로 묻기도, 답하기도 어려운 과거를 물어보면서 관련 서류를 받았다.

"할머니! 따님 보고 싶지 않으세요?"

조심스럽게 이야기를 꺼내니 웃으며 대화하던 할머니의 얼굴이 굳어졌다.

"난 자식 없다. 평생을 혼자 살았는데 인제 와서 무슨 자식!"

할머니는 어린 나이에 결혼해 두 명의 딸을 낳았다. 어린 딸을 키우며 행복한 삶을 꿈꾸었지만, 남편은 그렇지 않았다. 매일 심한 매질을 했고, 시부모는 남자가 여자를 잘 다뤄야 집안이 편하다며 때리는 남편을 두둔했다. 남편의 폭력과 시부모의 구박은 당시 어렸던 할머니가 견디기엔 너무나 모질었다. 결국 할머니는 젖먹이 두 딸을 두고 집을 나왔고, 다시 찾아간 친정은 시댁을 나온 딸이 부끄럽다며 받아 주지 않았다. 할머니는 평생 남의 집 허드렛일을 하며 어렵게 살았고 나이가 든 지금은 보증금 5백만 원이 걸린 단칸방에 몸을 기댄 채 국가 지원금에 의지하며 생활하고 있었다. 할머니는 평생 딸에게 지은 죄를 속죄하듯 살았다. 돈이 없어서도 못 했지만, 딸을 버린 죄인이라는 생각에 맛있는 음식, 예쁜 옷, 좋은 사람을 만나는 행복을 위해 노력하지 않았다. 그냥 목숨이 붙어 있어 숨 쉬었고, 살아 있어

먹었다. 그런 할머니에게 딸에 관한 이야기를 묻는 일은 쉽지 않았다.

"할머니, 세월이 너무 흘렀고, 딸들도 이제 예순 살이 될 만큼 세상을 살았으니 할머니를 이해하지 않을까요? 제가 할머니 소식을 딸들한테 전해 볼까요? 돌아가시기 전에 한번 만나 보면 좋을 거 같은데……"

할머니는 고개만 숙인 채 말이 없었다. 그러다 갑자기 이불장을 열어 작은 손수건 하나를 꺼냈다.

"이게 우리 애들 침 닦아 주던 손수건이다. 이거 하나 챙겨 나와 60년을 품고 살았다. 이 손수건에 애들 얼굴, 애들 냄새, 애들 목소리가 다 들어 있다. 지금까지 이래 살았는데 인제 와서 찾으면 뭐 할 거고? 서로 모르는 게 약이다. 가들한테 집 나간 어미가 이래 사는 꼴 보이고 싶지도 않고, 나도 가들이 어렵게 살고 있으면 마음이 더 안 좋고……. 아무것도 하지 말고 내 그냥 이래 살다 가게 해 도."

이런 할머니에게 자식 이야기를 더 하는 건 몹쓸 짓이었다. 사무실로 돌아와 몇 번이나 전화기를 들었다 놓기를 반복했지만 결국 두 딸에게 연락하지 못했다. 할머니의 간절한 부탁 때문이었지만, 세월이 지난 지금 그때 전화를 했다면, 할머니가 평생 그리워했다고 말했다면 어땠을까 하는 생각도 든다. 그랬다면 할머니는 마지막 순간, 손수건이 아닌 두 딸을 품지 않을까 하는 마음에.

할머니에게 손수건은 평생 간직해 온 아픔이고 그리움이고 사랑이었다.

진기순 할머니도 혼자였다. 부양의무자, 즉 자녀가 없는 할머니였다. 할머니 집을 방문해 이런저런 이야기를 나누는데 낮은 서랍장 위 작은 액자 속 사진이 보였다. 사진 속에는 젊고 예쁜 여자가 웃고 있었다.

"할머니 젊을 때예요? 예쁘시네요."

"내 아니다."

할머니랑 꼭 닮은 모습이라 당연히 할머니라 생각했는데, 아니라고 대답하는 할머니의 목소리가 작게 떨리는 걸 들으니 뭔가 큰 실수를 한 느낌이었다.

"아! 할머니랑 닮아서요."

더 물으면 안 될 것 같아 대충 얼버무리며 다른 이야기로 넘어가려고 할 때였다.

"내 딸이다."

내가 아는 한 할머니에겐 딸이 없었다.

"죽었다. 스물두 살에……."

"아……."

그 이상은 어떤 말도 할 수 없었다. 할머니는 일찍 할아버지를 여의고 혼자 딸을 키웠다. 이쁘고 착한 딸은 할머니 삶의 기쁨이고 행복이었다. 그런 딸이 가장 예뻤던 어느 날, 이유 없이 집을 나가 강에서 주검으로 발견되었다. 왜 죽었는지, 왜 떠났는지 알지 못한 채 할머니는 딸을 평생 가슴에 묻었다. 그리고 유일하게 남은 그 사진만이 할머니에게 딸이 있었다는 사실을 말해 주었다. 할머니는 사진을 볼 때마다 가슴이 아프지만, 그래도 그 사진이 있어 살아간다고 했다. 그 작은 액자는 할머니의 전부였다.

공무원으로 입사하니 매년 사회복지 공무원들의 봉사활동 행사가 있었다. 늘 어렵고 힘든 사람을 돕는 일을 하기에 봉사라는 말조차 싫을 법도 한데, 공무원들은 매년 보육시설이나 요양원을 방문해 청소하거나, 그들의 말벗이 되어 주고 있었다. 해마다 하는 일시적 행사였지만 그런 마음을 낸다는 것 자체가 대단해 보였다. 입사하고 처음 봉사활동을 따라가던 해, 늘 하는 활동 말고 좀 다른 활동을 해 보자는 의견이 나왔다. 나는 복지관에서 저소득층 아이들을 데리고 나들이를 갔던 기억을 떠올리며, 수급자 아이들을 데리고 의미 있는 체험 활동을 하자는 의견을 냈다. 그리고 그해 인근에 있는 해양경찰서의 도움으로 해양경찰 함정을 둘러보고 그들이 하는 일에 관한 설명을 듣는 이색 나들이를 계획했다. 각 동에 근무하는 직원들이 자신의 동에서 평소 나들이가 어려운 아이들 한두 명을 데리고 주말을 이용해 해양경찰 함정을 방문했다. 해양 경찰관들은 휴일인데도 불구하고 아이들을 마중 나왔고, 아이들은 평상시 무서웠던 경찰 아저씨들의 환대를 어리둥절해하면서도 좋아했다. 그리고 모두가 한 번도 가 보지 못했던 경찰 함정 안으로 들어갔다. 아이들은 일단 함정의 크기에 압도되어 여기저기서 감탄사를 쏟아 냈다.

"와 크다, 우와! 멋지다. 대박!"

눈을 동그랗게 뜨고 경찰관 뒤를 따라다니며 여기저기를 둘러보고, 해양경찰이 무슨 일을 하는지 듣고 질문하는 아이들을 보니 뿌듯함이 몰려왔다. 그때 의무 경찰 한 명이 나를 불러 세웠다.

"저 아이들을 위해 간식으로 라면이라도 끓여 주고 싶은데 괜찮을까요?"

"정말요? 해 주신다면 저희야 너무 감사하죠."

아이들을 보면서 뭐라도 해 주고 싶은 의무 경찰의 따뜻한 마음이 느껴져 흔쾌히 제의를 받아들였다. 함정을 다 둘러볼 때쯤 의무 경찰은 자연스럽게 아이들을 함정 내부에 있는 식당으로 이끌었다. 식당 안에는 큰 냄비에 가득한 라면과 식탁 위에 가지런히 놓은 그릇, 젓가락이 아이들의 환호를 기다리고 있었다.

"우와, 라면이다."

아이들 몇 명이 뛰어가 자리를 잡았다.

"감사합니다. 잘 먹겠습니다."

아이들은 큰 소리로 인사하며 젓가락을 입속에 넣은 채제 라면이 그릇에 담기길 기다리고 있었다. 그런데 대현이는 무표정한 얼굴로 서 있을 뿐 의자에 앉지 않았다.

"대현아, 왜? 배 안 고파?"

"아니요."

"그럼 왜? 원래 라면을 싫어해?"

"그게 아니라……. 나 오늘은 라면 먹기 싫어요."

"왜? 경찰 아저씨가 대현이랑 아이들 먹으라고 일부러 이렇게 준비했는데……."

"나 여기 오기 전에도 라면 먹었고, 어제도 먹었고, 매일 매일 라면만 먹어요. 라면 지겨워요."

순간 간이 철렁했고, 얼굴이 빨개졌다. 아이들이 잘 먹는 모습을 기대하며 서 있던 의무 경찰의 얼굴에도 웃음기가 사라지고 당황한 표정이 역력했다. 그리고 잘 먹던 아이들도 젓가락질을 멈췄다.

"아, 미안하다 대현아. 그러면 라면 먹지 말고 나중에 다른 거 먹자."

그러나 주위 분위기를 살피던 대현이가 자리에 앉아 젓가락을 들었다.

"아니에요. 오늘은 두 번 먹죠. 뭐."

억지로 라면을 먹는 대현이 모습에 들떠 있던 분위기가 가라앉았다. 몇몇 선배는 아이들을 달래며 맛있게 먹을 수 있도록 도왔고, 몇몇은 뒤에서 눈시울을 붉혔다.

대현이는 초등학교 2학년이었다. 또래보다 덩치가 크고 말수가 적어 어른스러워 보이지만 아직은 아무것도 모르는, 아니 몰라도 되는 아이였다. 대현이는 교통사고로 지체장애 1급이 된 아버지와 둘이 살았다. 어머니는 대현이가 어릴 때 집을 나간 후 돌아오지 않았다. 장애인 활동 지원 보호사와 삼촌이 자주 집에 오지만, 그들은 모두 아버지를 챙겼고 어린 대현이를 살갑게 챙기는 사람은 없었다. 대현이는 늘 혼자였다. 아버지를 돌보는 보호사가 가면 혼자 라면을 끓여 먹거나, 간단하게 흰밥에 김치로 끼니를 때운 후 아버지 수발을 대신했다. 대현이는 오늘 나들이를 오면서 대단한 체험과 경험보다 어쩌면 맛있는 밥이나 간식 먹기를 더 기대했을지 모른다. 늘 먹는 라면을 또 먹을 거라곤 생각도 하지 못하고. 젓가락을 천천히 움직이며 꾸역꾸역 라면을 입에 넣는 대현이를 보면서 생각했다.

'대현이에게 라면은 음식이 아니고, 외로움이고 아픔이구나.'

우리는 가끔 먹는 별미인 라면이 누군가에겐 질리도록 싫은 음식일 수 있다는 사실을 생각하지 못한 게 부끄러웠다. 오늘 온 아이들 대부분은 이런 어려운 가정환경 속에서 자라는 아이들이었는데……. 우리는 그렇게 아픈 라면을 처음 먹었다.

나에게 아픔은 오리 배였다. 나는 오리 배를 보면 숨이 멎고, 다리에 힘이 풀린다. 나는 그날 이후 오리 배를 한 번도 타 본 적이 없다.

내겐 쳐다보는 것만으로도 심장이 녹아내리는 사랑스러운 조카가 있었다. 조카는 생일마다 케이크를 사 주는 나를 케이크 이모라 불렀고, 반달눈으로 웃는 모습은 천사가 따로 없었다.

벚꽃잎이 흩날리는 어느 해 봄, 오랜만에 만난 조카는 내가 발뒤꿈치를 들어야 눈이 맞닿았고, 팔을 위로 뻗어야 머리를 쓰다듬어 줄 수 있을 만큼 자라 있었다. 그날 우리는 함께 오리 배를 탔다. 스치듯 만나고, 멀어지기를 반복하며 저 너머 오리 배 속에서 환하게 웃는 조카를 사진 속에 남겼다. 그러나 영원할 줄 알았던 그 모습이 그날로 끝이 났다. 한 달 뒤 조카는 친구들과 놀러 간 바닷가에서 주검으로 발견되었다. 아무도 상상하지 못한 사고였다. 동생은 목놓아 울었고, 나는 우는 동생을 챙기느라 마음껏 울지 못했다. 어린 자식을 먼저 보낸 슬픔은 그 무엇으로도 헤아릴 수 없었다. 그저 나의 슬픔은, 나의 아픔은 애꿎은 오리 배에만 남아 있었다. 나는 지금도 오리 배만 보면 숨을 쉴 수가 없다.

누구에게나 아픔이 있다. 아픔은 저마다 다 다른 모습으로 우리에게 남는다. 누군가에겐 손수건으로, 누군가에겐 사진으로, 누군가에겐 라면으로, 누군가에겐 오리 배로.

○

나이 들어가는 즐거움

주름이 하나둘 늘어날 때마다 그들을 이해하는 마음은 하나둘 펴진다. 이제는 조금 알 것 같다. 그들이 하고 싶었던 말이 무엇이었는지.

내 나이 스물일곱, 비교적 늦은 나이에 사회복지사의 길로 접어들었다. 그러나 내가 만나는 민원인들에게 난 너무어린 애송이였다. 그들은 세상의 모진 풍파를 겪은 후 일어설 힘을 잃었거나, 일어서기 위해 마지막 발버둥을 치는사람들로 대부분 5, 60대 이상이었다. 그런 그들에게 난 어리고 만만한 여자 사회복지사였고, 공부하는 것 외에 다른 삶을 살아 보지 못한 나는 그들의 삶을 온전히 이해하지 못했다.

"복지사 선생님! 새댁! 아가씨! 신 양!"

그들은 나름의 방식대로 나를 불렀다. 자라면서 오빠, 누나, 언니, 선배, 후배 외에 다양한 호칭을 들어 본 적이 없는 나는 호칭에 따른 어감의 차이를 처음으로 느꼈다. 대부분은 마땅한 호칭을 찾지 못해 일상에서 부르는 편한 호칭으로 나를 불렀지만, 일부는 어려운 관공서에서 어리고 만만한 여직원을 하대하고 싶은 마음을 담은 듯 나를 대했다.

"야! 니! 새파랗게 어린 게!"

우리가 하는 일이 어려운 사람들을 돕는 것이라 해도 법과 원칙이 있어 그들의 요구를 다 들어줄 수는 없다. 그들의 어려운 삶을 이해하지 못해서가 아니라 기준에 맞지 않기 때문에 도와줄 수 없는 게 대부분이다. 그러나 그들은 무한 친절과 사회복지사의 역할을 강요하며 자신의 요구가 관철되길 바랐다. 결국 원하는 것을 얻지 못하면 나의 말투, 눈빛, 불친절 그리고 세상 물정 모르는 어린 것, 융통성 없는 공무원이라는 판단으로 나를 나무랐다.

"새파랗게 어린 게 내가 낸 세금으로 밥 먹고 살면서 어디 그런 눈으로 쳐다보노? 거기 있으니 내가 우습게 보이나?"

"세상 물정도 모르는 게 어디 어른한테 이거 내라 저거 내라 하노?"

"머리 꼭대기 피도 안 말라 가 거기 앉아 있는 게 무슨 벼슬이라고 생계비를 주니 못 주니 해 쌌노?"

이런 말을 들을 때마다 도대체 내가 뭘 잘못했나 싶고, 나이 어린 게 무슨 죄며 나이 먹은 건 또 무슨 벼슬인가 싶었다. 그렇게 어리다는 이유로 하대하고 나이로 자신을 과신하는 민원인을 보면서 나이 든 사람은 말 안 통하고, 답답한 사람이라는 편견이 생기기 시작할 때쯤이었다.

인사 발령으로 나이 지긋한 50대 여사님이 우리 동으로 오면서 같이 일하게 되었다. 지금까지 함께 일한 젊은 선배들과 달리 여사님은 모든 게 느긋하고 여유로웠다. 컴퓨터 자판을 치는 소리는 느렸고, 안경을 콧등 위까지 쭉 내려 눈동자를 치켜뜨며 모니터를 응시하는 모습은 여유로워 보였다. 그렇게 모니터를 뚫어지듯 쳐다보다가 뭔가 잘 안 되면 나를 불렀다.

"아현아. 이게 와 다음 화면으로 안 넘어가노?"

"아현아, 아까 급여 작업 다 했는데 갑자기 자료가 안 보인다. 이게 어디 갔노?"

"아현아! 이 사람이 와 전산에 없노?"

아주 사소한 것 하나를 잘못 건드릴 때마다 전산은 자주 버벅거렸고, 여사님은 그때마다 나를 불렀다. 자주 부르는 게 미안한지 일이 해결되고 나면 늘 나이 탓을 했다.

"에휴! 나도 예전에는 안 이랬는데…… 지금은 눈이 침침해 화면도 잘 안 보이고, 글을 읽어도 이해도 안 되고, 이제 나이 들어서 일 못 하겠다."

하루에 몇 번이나 나를 찾고, 옆에서 수시로 한숨 쉬고, 일이 안 되면 나이 탓을 하는 여사님과 함께 일하는 게 솔직히 불편했다. 그리고 나는 나이가 들어도 절대 저런 모습이 아닌 지금과 같은 모습으로 일하리라 다짐했다.

그러던 어느 날, 우리 동의 골치 아픈 민원인 김 씨 아저씨가 술이 곤드레만드레 되어 동주민센터로 들어왔다.

"야, 너거는 거기 편안하게 앉아서 일하니깐 세상 힘든지 모르고 좋제? 나는 먹고살기가 힘들어서 오늘도 술 한잔했다. 그런데 내가 이렇게 힘들다는데, 생계비는 꼴랑 그거 주나? 오늘 여기서 생계비 더 준다고 약속 안 하면 니 죽고 내 죽는 기다. 담당자 어딨노? 담당자 누고? 이리 안 나오나?"

오늘도 한참을 시달릴 생각에 머리가 지끈거리고 손가락 끝으로 기운이 다 빠져나가는 느낌이었다. 내가 담당자라고 말하고 적당히 씨름하다 돌려보낼 생각으로 일어서려는데, 갑자기 여사님이 벌떡 일어났다.

"아이고, 아저씨! 술을 먹었으면 곱게 집에 가서 잘 것이지, 와 동주민센터에 와서 이럽니까? 어디 한번 이야기나 들어 봅시다. 이름이 우째 됩니까?"

"뭐고? 이제 니가 내 담당자가?"

우리 나이 지긋한 여사님은 처음 보는 술 취한 아저씨를 동네 친구 대하듯 다가가 말을 걸었다. 김 씨 아저씨는 담당자가 바뀐 줄 알고, 술기운에 떠지지 않는 한쪽 눈을 간신히 뜨며 여사님을 유심히 쳐다보았다.

"와 이래 술을 먹었습니까? 밥은? 밥은 먹고 술 먹었으예? 술을 먹을라면 밥을 먼저 먹어야지. 밥 먹을 돈 없으면 이야기하고. 내 저기 들어온 쌀이라도 챙겨 줄 테니……."

김 씨 아저씨는 갑자기 친근하게 다가와 끼니 걱정까지 해 주는 여사님을 보면서 놀란 건지, 아니면 감동한 건지 갑자기 목소리를 낮췄다. 그리고 둘이서 몇 마디 대화를 나누더니 어디선가 흐느끼는 소리가 들렸다. 김 씨 아저씨였다.

"내가 지난달 술값 밥값을 다 외상으로 먹어 가 며칠 전 나온 생계비로 외상값 갚고 나니 또 밥 사 먹을 돈이 없다 아닙니꺼. 배는 고프고 기분도 안 좋고 해서 소주 한 병 먹었습니더. 그거라도 먹어야 이래 와서 큰소리라도 치고 내가 힘들다고 말할 수 있으니…."

평상시에 나도 여사님처럼 식사는 하셨냐고 물었다. 그러나 그때 아저씨는 오히려 더 화를 냈었다.

"니가 내 밥 먹을 돈이라도 줬나? 생계비라도 더 주고 그런 거 물어봐라."

그런데 지금은 여사님과 이야기하면서 저렇게 꺼이꺼이 울기까지 하니, 어이없으면서도 한편으로 내 대화 방식에 문제가 있었나 하는 생각이 들었다. 거기다 더 기가 찬 건 그렇게 한참 여사님과 이야기를 나누던 김 씨 아저씨가 집에 갈 때 머리를 90도까지 숙이며 인사를 하는 게 아닌가!

"안녕히 계시소. 오늘 시끄럽게 해서 미안합니다."

올 때마다 남자 직원들에게 팔을 잡혀 끌려 나가거나, 경찰을 불러야만 가던 사람이 인사라니……. 그에게서 처음 보는 낯선 모습이었다.

"와! 이게 무슨 일이에요? 저분이 저렇게 조용히 가신 적이 없거든요. 어떻게 하신 거예요?"

"니도 한 30년 일해 봐라. 민원인이 다 친구다."

여사님은 아무 일도 아니라는 듯 씩 웃었다. 독수리 타법으로 컴퓨터 자판을 두드리며. 눈도 안 보이는데 전산까지 어려워 일을 못 하겠다며 하소연하던 여사님 얼굴에서 갑자기 빛이 보였다.

'나도 나이가 들면 저렇게 될까?'

새파랗게 젊은 사람이 아닌, 세상을 같은 눈높이로 볼 수 있는 그 나이가 되면 나도 이 일이 조금은 편해질까 하는 생각을 하며 한참 동안 여사님을 쳐다보았다.

그렇게 세월이 흘러 드디어 나도 나이가 들었다. 입사한 지 20년이 지났고 나이로 보나, 외모로 보나, 중년의 여사님이 되었다. 그리고 어느 날부터 노안이 와서 안경을 살포시 내려야 컴퓨터 모니터가 잘 보였고, 사회복지 전산은 갈수록 복잡해져 몇 번을 더듬거려야 손에 익었다. 컴퓨터 자판 치는 속도만큼은 자신 있었는데, 어느 순간 옆에 앉은 신규 직원의 손가락은 보이지 않을 만큼 빨랐고 적막할 때 들리는 나의 타이핑 소리는 답답하기까지 했다.

'아! 드디어 내가 여사님이 되었구나.'

그러고 보니 술에 취해 소리치며 들어오는 민원인은 그대로지만 언젠가부터 나를 부르는 호칭이 바뀌어 있었다.

"복지사 선생님, 신아현 선생님, 담당자님."

나이 덕분인지는 모르지만 이제 그들과 나의 눈높이가 비슷해졌다는 생각이 들었다. 그리고 어느덧 나도 그들을 이해하고 있었다. 왜 술을 먹는지, 술을 먹고 왜 하필 우리를 찾아와 하소연하고 소리치는지, 왜 세상을 탓하는지. 그들은 용기 없는 자신의 목소리를 들어 줄 누군가가 필요했다. 나는 그렇게 그들을 이해하며 그들의 친구가 되어 가고 있었다.

친구들은 한 살, 두 살 나이를 더 먹는 게 싫어 거울 보기가 꺼려진다며 하소연한다. 그러나 나는 얼굴 주름이 하나둘 늘어나는 만큼 마음속 주름이 하나둘 펴지면서 세상이 편해지는 나를 느낀다.

나는 나이 들어가는 게 참 좋다.

○

미래의 내가
준 선물, 오늘

　지금, 이 순간 오늘이 미래의 내가 그토록 소원한 하루였다.

　아무도 없는 길을 걸었다. 온통 칠흑 같은 어둠이었고 주
변은 고요하다 못해 헤드셋을 낀 것처럼 멍했다. 무섭고 두
려웠지만, 저 멀리 희미하게 보이는 빛을 향해 무작정 걸었
다. 빛에 가까이 다가갈수록 어렴풋하게 한 사람이 서 있는
게 보였다. 점점 가까워질수록 선명하게 보이는 그 사람은
하얀 옷을 입고 흰 수염을 길게 늘어뜨린 노인이었다. 노인
은 나를 향해 웃고 있었고, 나는 천천히 걸어 노인 앞에 도

착했다.

"다 왔구나. 고생했다. 이제 마지막으로 너에게 딱 하루를 주겠다. 네가 살았던 일생 중 가장 돌아가고 싶은 하루를 말해 보거라. 그날로 하루만 돌려보내 주겠다."

'뭐야? 염라대왕이야? 내가 죽은 거야?'

TV에서 본 듯한 상황이 내 눈앞에 펼쳐져 있었다. 내가 죽었다. 죽었는데, 딱 하루만 다시 살 수 있단다. 내가 가장 돌아가고 싶은 그 날 하루를.

죽었다고 생각하니 남은 삶에 대한 미련으로 심장을 도려낸 듯 아팠다. 그러나 아픔을 뒤로한 채 다시 돌아갈 수 있는 하루를 찾기 위해 정신을 가다듬었다.

'내 인생에 가장 행복했던 날, 다시 돌아가고 싶은 하루.'

짧은 듯 긴 인생을 쭉 떠올려 보았다. 어린 시절 친구와 고무줄놀이하던 날, 초등학교 때 친구들과 길거리에서 떡볶이 사 먹으며 웃던 날, 중고등학교 때 친구들과 교실에서 수다 떨며 아무것도 아닌 일로 배꼽 빠지게 웃던 날 등 단 하루도 그립지 않은 날이 없었다.

그러다 철없이 행복했던 스물한 살의 대학생 때를 떠올리자 그때가 사무치게 그리웠다. 미래에 대한 큰 고민도 걱정도 없이 그저 웃고 즐기며 행복했던 때, 그때로 돌아가 아무 생각 없이 웃어 보고 싶었다. 21살 대학생 때의 하루로 돌려 달라고 말하려는 순간, 나는 잠에서 깼다.

눈물이 흘렀다. 아니, 소리 내어 울었다. 단 하루를 찾기 위해 떠올린 인생의 모든 순간이 사무치게 그리웠고, 하루밖에 남지 않은 내 삶이 서글프고 아팠다.

주변은 여전히 칠흑같이 어두웠지만, 난 스물한 살이 되어 있을 나를 생각하며 조용히 주변을 살폈다. 스물한 살에 내가 덮었던 이불, 내가 살았던 집을 기대하면서……. 그러나 아니었다. 내 옆에는 세상에 하나밖에 없는 소중한 내 딸이 새근새근 자고 있었고, 조금 떨어진 한쪽에는 못생긴 남편이 코를 드르렁거리며 자는 중이었다. 스물한 살의 나는 없었고 여전히 세 아이를 키우는 중년의 나만 그 자리에 있었다. 모든 게 꿈이었다. 분명 하루밖에 남지 않은 삶이 두렵고 가슴 아팠는데, 막상 사무치게 그리웠던 스물한 살로 돌아가지 못했다고 생각하니 아쉬운 마음이 들었다. 괜한 꿈으로 과거에 대한 그리움만 잔뜩 안은 채 다시 누우려는 순간, 갑자기 머리를 한 대 맞은 듯한 울림을 느꼈다. 다시 일어나 주변을 천천히 둘러보았다.

'내가 꿈에서 간절히 소원한 하루가 지금이었나? 지금, 이 순간이 그 하루인가?'

문득 그 하루가 오늘이 아닌가 하는 생각에 심장이 두근거렸다. 생각이 여기에 이르자 지금, 이 순간의 소중함이 절실하게 느껴지면서 걷잡을 수 없을 만큼 눈물이 흘렀다. 소중한 이 시간을 놓치고 싶지 않아서, 너무 간절하게 잡고 싶어서 옆에 자고 있던 딸을 힘껏 안았다. 자다 깨면 사라지는 꿈처럼 이 순간 역시 곧 사무치게 그리운 과거가 될 것 같았다.

다시는 돌아갈 수 없는 그 소중한 하루가 바로 지금이었다.

2018년의 어느 겨울, 꼼꼼함과는 거리가 먼 내가 완벽한 꼼꼼함을 요구하는 기초생활보장 수급자의 생계급여를 지급하는 업무를 맡게 되었다. 매월 20일, 수천 가구의 민원인에게 착오 없이 급여를 지급해야 하는 업무라 나는 물론 예산 담당자도 급여를 받는 민원인도 모두 예민해지는 일이었다.

매일 10원 단위의 돈까지 계산하며 씨름하던 어느 날, 지금까지 없었던 심한 두통이 찾아왔다. 처음 겪는 강도의 두통이라 하루 이틀 진통제를 먹으며 버티려고 했지만, 효과가 없었다. 시간이 지날수록 두통은 심해졌고 통증이 얼굴까지 내려와 안구가 빠질 듯 괴로웠다. 급한 마음에 가까운 병원을 찾았더니, 유전성 편두통인 것 같다며 편두통 약을 처방해 줬다. 그러나 효과가 없었다.

심한 두통이 멈추지 않아 큰 대학병원으로 옮겨 CT, MRI, MRA 등 모든 검사를 한 결과 뇌동맥류, 정확히는 척추동맥류라는 진단을 받았다. 오른쪽 귀 뒤 혈관이 부풀어올랐지만, 일단 약을 먹으며 살펴보자는 의사의 말에 큰일은 아닌 듯해 안심했다. 집으로 돌아와 한 달 가까이 약을 먹었다. 그러나 두통은 쉽게 사그라지지 않았다. 주변 사람들이 여러 병원을 가 봐야 한다고 부추겨 결국 서울까지 올라가 다시 검사했고, 검사 결과는 며칠 뒤 확인이 가능하기에 다시 부산으로 내려오는 기차에 몸을 실었다. 기차 차창 밖으로 보이는 겨울 풍경이 고요하고 편안해 보였다. 검사만 했을 뿐인데 왠지 두통이 조금 나은 것 같은 기분에 마음도 차분해졌다.

집에 도착해 씻고 짐을 정리하고 있는데, 서울 병원에서 전화가 왔다.

"선생님, 지금 서울이세요?"

"아니요. 부산 왔습니다."

"지금 저희 교수님이 선생님 사진을 보시는데, 사진상으로는 뇌혈관 상태가 많이 안 좋다고 바로 오셔서 시술하셨으면 하시네요."

"예? 당장요?"

"네. 지금 부산이면 오늘은 어려울 것 같고, 늦어도 모레까지는 오셨으면 하십니다. 그리고 서울 오기 전까진 절대 머리를 크게 흔들거나 부딪히지 않도록 최대한 조심하시고요."

뇌동맥류로 부풀어 있던 혈관 위로 조그맣게 더 튀어나온 혈관이 곧 터질 것 같다는 게 의사 소견이었다. 청천벽력 같은 소리였다. 단순히 두통이 좀 심했을 뿐인데, 뇌출혈이 될 수도 있다는 말에 정신이 하나도 없었다. 전화를 끊고 화장대 앞에 앉아 조용히 눈을 감았다.

'뭐가 문제였지? 내게 왜 이런 일이 생겼지?'

이유는 없었다. 어쩌면 이렇게 미리 발견한 난 운이 좋은 사람이었다. 마음이 조금씩 진정되면서 지금 내가 해야 할

일이 뭔지를 정리하기 시작했다. 먼저 집을 비울 동안 아이들을 맡아 줄 부모님께 연락했고, 사무실에도 상황을 이야기한 후 병가를 냈다. 그리고 서울 가기 전날 밤, 모두가 잠든 시간에 혼자 거실에 앉아 노트에 글을 적기 시작했다.

먼저 중요한 통장과 비밀번호, 가족들 명의로 가입한 보험의 종류 등 남편이 모르는 경제적인 부분들을 적어 나갔다. 그리고 가족들에게 편지를 쓰기 시작했다.

남편에게는 무조건 건강하고, 아이들을 잘 돌봐 달라고 적었다. 아이들에게는 너희를 낳은 순간부터 지금까지 어떤 마음으로 얼마나 사랑했는지를 적었다. 그리고 마지막에는 세 남자에게 우리 막내딸을 잘 부탁한다고 했다. 죽으러 가는 게 아니라 살러 가는 건데도 이상하게 만약을 대비해야 할 것 같았다. 글을 적는 동안 계속 울었다. 40년 이상 살아온 세월이 너무나 그립고 소중했다. 신기하게도 누군가를 미워하고 원망했던 기억은 하나도 떠오르지 않고, 감사하고 고맙고, 사랑했던 기억만 떠올랐다.

그렇게 글을 다 쓴 후 노트가 눈에 잘 띌 수 있도록 거실 책장 모퉁이에 가로로 꽂았다.

며칠 뒤 남편과 시술을 받기 위해 서울로 갔다. 결혼할 때부터 시아버지와 함께 살았고, 1년 뒤 태어난 큰아들부터 막내까지 낳고 키우느라 둘만의 시간을 가져 본 적이 없던 우리는 어색해하면서도 서로에게 의지했다. 병원에서 옷을 갈아입고 몇 가지를 검사한 후 이동식 침대에 누워 수술실로 들어갔다. 멀리서 남편이 눈물을 훔치며 쳐다보고 있었다. 그리고 입구 자동문이 서서히 닫혔다.

몇 시간이 지난 후 눈을 떴다. 다행히 시술은 성공적이었고, 현재는 특별한 후유증 없이 잘 지내고 있다.

오늘, 현재를 선물 받는 꿈을 꾼 건 이 일이 일어나고 몇 달 후였다. 어쩌면 그래서 더 가슴 아프게 사무쳤는지도 모른다. 그 꿈은 현재, 지금 내 앞에 있는 모든 것의 소중함을 잊어버리지 않도록 다시 한번 나를 일깨워 줬다.

물론 지금도 일이 힘들고 옆에 있는 사람 때문에 화가 나고 내 앞에 놓인 불안과 갈등으로 도망가고 싶을 때도 있지만, 그것조차 먼 미래의 내가 그토록 간절히 그리워한 하루, 돌아가고 싶은 하루라고 생각하면 지금의 모든 일이 감사하다.

지금도 난 오늘을 선물 받아 살고 있다. 그래서 이 하루가 너무나 소중하다.

에
필
로
그

　나를 위한 글이 아닌 누군가에게 읽히기 위한 글을 쓴
다는 건 쉽지 않은 일이었다. 짧게 메모해 둔 일들을 기억
해 그때의 상황을 떠올리는 건 극한의 고통에 가까웠다. 글
을 쓰면서 정확하게 기억나지 않는 일들은 실제 사실에 기
대어 어렴풋한 감정의 기억을 보태었다. 그런데 글을 쓰면
서 알게 된 것이 있다. 우리의 기억 속 정확한 사실은 잊히
기도 하지만, 그때의 감정은 잊히지 않은 채 고스란히 살아
있다는 것이다. 하나하나의 사건들을 떠올리면 당시의 상
황은 가물가물해도 그때의 감정은 그대로 올라와 글을 쓰
는 내도록 웃고 울었다.

　이야기 속 사람들은 모두 실존 인물이지만 가명을 사용

하였다.(명석이도 가명이다. 실제 지어 준 이름은 더 좋은 뜻을 담은 이름이었으나 글의 특성상 어쩔 수 없이 명석이라고 했다.) 그리고 모든 이야기는 나의 경험을 바탕으로 한 실화이지만 나의 주관적인 관점이기에 그들의 기억과는 다를 수 있다. 그러나 그들의 말과 몸짓, 그들이 사는 공간과 그들의 향기에서 느꼈던 나의 기억과 관점이기에 소중하다.

글을 쓰면서 몇 가지 고민이 있었다. 가장 큰 고민은 내가 쓴 글이 어려운 누군가의 삶을 세상에 끄집어내어 그저 그런 이야깃거리로 만드는 건 아닌지, 궁금하지 않은 타인의 삶에 억지스러운 관심을 강요하는 건 아닌지 하는 것이었다. 특히 타인을 향한 관심이 점점 더 줄어들고 있는 사회 분위기를 알기에 이 고민은 계속되었다. 그런데도 이 글을 끝까지 쓸 수 있었던, 써야 했던 이유는 한 가지! 세상이 아무리 바뀌어도 사람은 혼자 살아갈 수 없다는 사실 때문이었다. 우리가 쳐다보지 않고 관심 없다 해서 외롭고, 힘들고, 어려운 이들의 삶이 없어지는 건 아니다. 오히려 외면하면 할수록 그런 삶을 살아가는 사람들은 점점 더 늘어난다. 독거노인, 우울, 자살, 고독사, 무연고 사망 등 과거에는 낯설었던 단어들이 한층 가깝게 느껴지는 이유도 그런 사람들이 많아졌기 때문이다. 살아가다 보면 나와 관계없다고 생각하는 일들이 나와, 혹은 내가 아는 사람들과 언제든 닿을 수 있다는 사실을 알게 된다. 늙지 않는 사람이 있을까? 아프지 않은 사람이 있을까? 한 번도 외롭지 않은 사람이 있을까? 평생 가슴 아픈 슬픔을 만나지 않은 사람이 있을까? 그런 사람, 그런 삶은 없다. 그래서 우리는 행복, 희망, 기쁨과 같은 긍정적인 감정과 함께 우울, 슬픔, 외로움과 같은 부정적인 감정도 거부하지 않고 바라봐야 긴 인생을 잘 살아낼 수 있다. 그런 이유로 이 이야기는 전해져야 했다.

두 번째 고민은 내가 겪었던 이 일들이 행여나 나만의 특별한 경험인 양 부풀려지지는 않을까 하는 것이었다. 사회복지사라는 이름으로 일하는 사람들은 누구나 비슷한 경험으로 울고, 웃고, 가슴을 쓸어내린다. 단지 대부분이 그런 일들을 마음속에 간직한 채 살아가고, 나는 글로 적어 나갔다는 차이만 있을 뿐이다. 그래서 독자의 시선이 나라는 개인이 아닌 사회복지를 하는 많은 이들에게 머무르길 바란다.

글을 쓰는 동안 나도 그냥 가슴에 묻고 잊어버리는 것이 더 낫지 않을까 하는 생각을 수없이 했다. 잊었던, 아니 잊은 줄 알았던 일들을 떠올리며 어리고 여렸던 과거의 나를 직면하는 일은 여간 힘든 일이 아니었다. 목숨을 위협하며 욕하던 민원인을 떠올리고 가슴 한구석의 아물지 않은 상처를 끄집어내며 내재된 불안과 상처를 만나는 일은 다시 나를 아픈 과거 속으로 끌어당기는 듯했다. 그러나 다행히 그 속에 오래 머물지 않고 바로 일어설 수 있었다. 그 이유는 아이러니하게 늘 새로운 사연의 사람들이 내 앞에 있기 때문이었다. 그 슬픔과 아픔이 과거가 아닌 현재 진행형이기에 내 감정은 과거 속에 머물 시간이 없었다. 오늘도 남편의 폭력으로 집을 나와 주민등록을 어디에도 두지 못한 채 숨어 사는 할머니, 심한 자폐성 장애 아이가 태어나자 집을 나가 버린 남편을 대신해 혼자 힘겹게 아이를 키우는 어머니, 평생 외롭게 살다 죽는 순간조차 아무도 찾지 않는 무연고 사망자까지 많은 이들이 내 삶을 다녀갔다. 그들의 인생에 작은 도움이라도 되는 일을 찾아야 하기에 나는 늘 현재에 있어야 했다.

세 번째 고민은 내가 겪은 폭언과 폭행을, 사회복지사라면 무조건 참고 견뎌야 하는 것으로 오인할까 하는 부분이었다. 많은 사회복지 공무원이 이유 없는 폭언과 폭행에 시달리고 신변 위협에 노출되어 늘 불안과 두려움에 떨며 일한다. 최근에는 민원인의 괴롭힘으로 공무원이 자살하는 사건도 발생하면서 그 정도가 점점 심해지고 있다. 그들의 아픈 삶을 이해하기 위한 노력은 우리의 몫이나, 그 과정에 폭언과 폭력은 절대 정당화될 수 없는 부분이다. 나 역시 긴 시간 그들의 행패로 힘들었다. 그런 힘든 시간이 있었기 때문에 그들을 이해하게 된 것도 아니다.

술 먹지 않고, 화내지 않고 말해도 우리는 충분히 그들을 이해할 수 있다. 아니, 더 잘 이해할 수 있다.

그리고 마지막 고민은 글 속에 나오는 사람들 대부분은 사망했지만, 그래도 아직 어딘가에서 삶을 살아가고 있는 이들에게 이 글이 아픈 상처를 헤집는 건 아닐까 하는 염려였다.

친구들이 매일 TV에 나오는 대통령보다 나를 만나기가 더 어렵다고 푸념할 때마다 농담처럼 하는 말이 있다.

"가난하거나, 아프거나, 술 취했거나, 미치지 않으면 나를 만날 수 없다."

인생에 쓰린 실패와 지긋지긋한 가난, 병들고 아픈 고통, 세상을 맑은 정신으로 바라볼 수 없을 만큼의 상처가 있는 사람이 아니면 공적 서비스를 제공하는 사회복지 공무원을 만날 일이 별로 없다. 물론 지금은 사회복지 서비스가 다양화되고 대중화되어 일상의 복지 서비스를 받는 사람들도 우리를 찾아오지만, 세상의 어둠 속에서 힘들어하는 사람들을 여전히 더 많이 만난다. 그래서 시간이 흐른 후에는 그들이 우리를 만난 이 시간을 잊고 싶지 않을까? 자신의 삶에서 도려내고 싶지 않을까? 하는 생각을 하게 된다.

그들에게 가장 힘들고 아팠던 기억! 그 기억을 다시 떠올려 이야기하는 게 상처가 되진 않을까 하는 걱정이 컸다. 그러나 이 글이 상처이기보다 그 시간조차도 삶을 살아가는 과정이었음을 이해하는 기회가 되었으면 하는 작은 바람이 있다. 사회복지사인 우리를 만났던 기억이 힘들고 부끄러운 것이 아닌, 살아가기 위해 부단히 노력한 삶의 여정 중 한순간으로 기억되길 바란다.

세상에 어둠 없는 빛이 있을까? 내가 있는 이곳이 빛난다면 저 너머 어딘가에 어둠이 있기 때문이고, 내가 있는 이곳이 어둡다면 저 끝 어딘가에 빛이 있기 때문이다. 빛과 어둠은 반대인 듯하지만, 함께 있기에 서로를 느끼고 알아볼 수 있다. 어둠은 빛을 향해, 빛은 어둠을 통해 존재하기에 나와 너, 우리의 삶 역시 서로를 비출 수 있다. 그런 소중한 삶을 나누기 위해 이 글을 적어 나갔다.

사회복지사로 일하면서 나의 일이 책이 될 거라고는 전혀 생각하지 못했다. 험한 민원인 때문에 지쳐 있던 어느 날, 함께 근무했던 동장님이 던진 한마디가 나를 여기까지 이끌었다.

"아현아! 지금 니가 겪는 일들을 그냥 힘들다 하면 힘든 일로 끝날 거고, 기록해 두면 좋은 책이 될 거야. 잘 적어 둬."

"네? 생각도 하기 싫은데 기록까지 하라고요?"

처음에는 잊기에 급급했기에 그 말을 이해하지 못했다. 그러나 시간이 지나 나에게 오는 사람들을 조금씩 이해하게 되면서 그 말의 의미를 알 것 같았다. 어느새 나는 점점 더 많은 사람의 인생으로 들어가고 있었고, 더 다양한 경험을 하면서, 모든 경험이 나를 성장시키는 나의 이야기가 되어 가고 있었다.

일하며 글을 썼기에 시간과 체력이 턱없이 부족했다. 아무도 깨지 않은 새벽에 일어나 글을 쓰는 날이면 낮에 피곤이 몰려왔고, 저녁 시간을 이용해 글을 쓰면 가족과 함께하는 소중한 시간을 포기해야 했다. 그런 힘든 상황에서도 가족과 주변 사람들의 응원이 있었기에 이 모든 일이 가능했다.

처음으로 내게 글을 쓸 용기를 준 15년 전 나의 동장님, 글쓰기 과정을 추천하고 응원한 과장님과 계장님, 누구보다 나를 믿고 응원해 준 나의 친구와 사랑하는 후배 등 모든 분에게 감사의 말씀을 전한다. 그리고 책이 나오기만을 손꼽아 기다리며 열렬히 응원해 준 나의 북클럽 단디책빵 멤버들이 있었기에 중간에 포기하지 않고 끝까지 해낼 수 있었다.

마지막으로 가장 소중한 가족, 글을 쓸 수 있도록 집안일을 챙겨 준 사랑하는 남편, 글 쓰는 엄마를 응원하며 어린 동생을 잘 돌봐 준 든든한 두 아들, 엄마 따라 자신도 책을 쓰겠다며 종합장에 글을 끄적이는 귀여운 막내딸까지. 그들이 있기에 어떤 힘든 일도 이겨 낼 수 있었고, 글을 마무리할 수 있었다. 그리고 하나밖에 없는 아들을 앞세우고 살아가는 우리 부모님, 특히 우리 엄마! 불편하고 아픈 몸으로 하루하루를 버티지만, 내 글을 읽고 큰 위안이 되었다며 책 쓰기를 응원해 줘 더 용기를 낼 수 있었다.

오늘도 나는 수많은 서류 더미 속에서 질병, 실직, 이혼, 폭력, 가족관계 단절, 부도, 가출 등의 단어를 만나며 아픈 사람들의 삶으로 들어가고 있다. 그들이 그 속에 머물지 않고 나올 수 있도록 늘 기도하는 마음으로 그들을 만난다.

힘들고 아프지 않은 인생은 없다. 누구나 그 속에서 삶을 이어 가며, 희망을 노래한다. 우리는 그들의 희망을 읽고, 지도 속 어느 길엔가 그들의 희망이 닿을 수 있도록 길을 찾고 도와주는 사람들이다. 우리는 사회복지사다.

마지막으로 이 책을 쓰는 동안 나의 시선을 머물게 한, 시 한 편을 소개하며 글을 마치고자 한다.

사람들은 왜 모를까

김용택

이별은 손끝에 있고

서러움은 먼 데서 온다

강 언덕 풀잎이 돋아나며

아침 햇살에 핏줄이 일어선다

마른 풀잎들은 더 깊이 숨을 쉬고

아침 산그늘 속에

산벚꽃은 피어서 희다

누가 알랴 사람마다

누구도 닿지 않은 고독이 있다는 것을

돌아앉은 산들은 외롭고

마주보는 산은 흰 이마가 서럽다

아픈 데서 피지 않는 꽃이 어디 있으랴

슬픔은 손끝에 닿지만

고통은 천천히 꽃처럼 피어난다

저문 산 아래

쓸쓸히 서 있는 사람아

뒤로 오는 여인이 더 다정하듯이

그리운 것들은 다 산 뒤에 있다

사람들은 왜 모를까 봄이 되면

손에 닿지 않는 것들이 꽃이 된다는 것을

나의 두 번째 이름은 연아입니다

초판 1쇄 2024년 8월 21일

지은이 신아현

책임편집 이정
편집 강가비
디자인 엄혜리

펴낸이 차보현
펴낸곳 데이원
출판등록 2017년 8월 31일 제2021-000322호
연락처 070-7566-7406, dayone@bookhb.com
팩스 0303-3444-7406

나의 두 번째 이름은 연아입니다 © 신아현, 2024
ISBN 979-11-6847-884-8 03810